陰陽判官 貳

生死簿

西風蕭颯

秀霖——著

目次

人物介紹 5
序章 9
第一章 14
第二章 26
第三章 40
第四章 58
第五章 75

第六章 88
第七章 101
第八章 114
第九章 128
第十章 141
第十一章 155
第十二章 168
終章 186
後記 196

人物介紹

凌　月▬遊走陰陽兩界半人半鬼的陰陽判官，在陽間化名沈凌月，為使神格覺醒藉以對抗魔判官，不斷在陰陽兩界替孤魂野鬼了結心願。

十三零▬陰陽判官凌月的頭號鬼吏，靈力高強，曾是魔判官癸亥的部下，後為凌月收服，對任何接近凌月的女性，無論陰、陽、妖、仙、神、魔都懷有強烈的敵意。

癸　亥▬著魔叛道的魔判官，與其十二名被凌月所解放的惡鬼差，在夜間不斷危害人間，截擊死於非命的怨魂，助長其勢力。

冷　雨▬魯凱族巴冷公主與百步蛇王阿達禮歐的後代，世稱「靈蛇姬冷雨」，與其常伴肩上看似裝飾的百步蛇勇士共同行動，為自由穿梭陰、陽、妖三界靈力高強的陰陽判官。

卡利穆▬伴隨守護靈蛇姬的百步蛇勇士，平時乍看只是冷雨肩上裝飾，一旦危險接近，便會化身蛇型，恫嚇敵人。

淒風 ▬ 原曾為天地六界最強「生」判官，後得道成仙，善以靈力感應六界生靈所在方位，為自由穿梭陰、陽、仙三界靈力高強的陰陽判官。

鐵平 ▬ 自稱神族後裔，是守護淒風的格鬥高手，外型看似一隻憨厚的純白色柴犬，被淒風稱呼為「小鐵」，柔弱的外表卻在進入戰鬥狀態即會使出強力攻勢。

蘇明煦 ▬ M大資訊系學生。

許建廷 ▬ 電聯車爆炸案受害者。

黃宏興 ▬ 電聯車爆炸案受害者。

李宇龍 ▬ 電聯車爆炸案受害者。

洪志勳 ▬ 犯罪集團成員。

張鈺萍 ▬ 犯罪集團成員。

林廣弘 ▬ 犯罪集團成員。

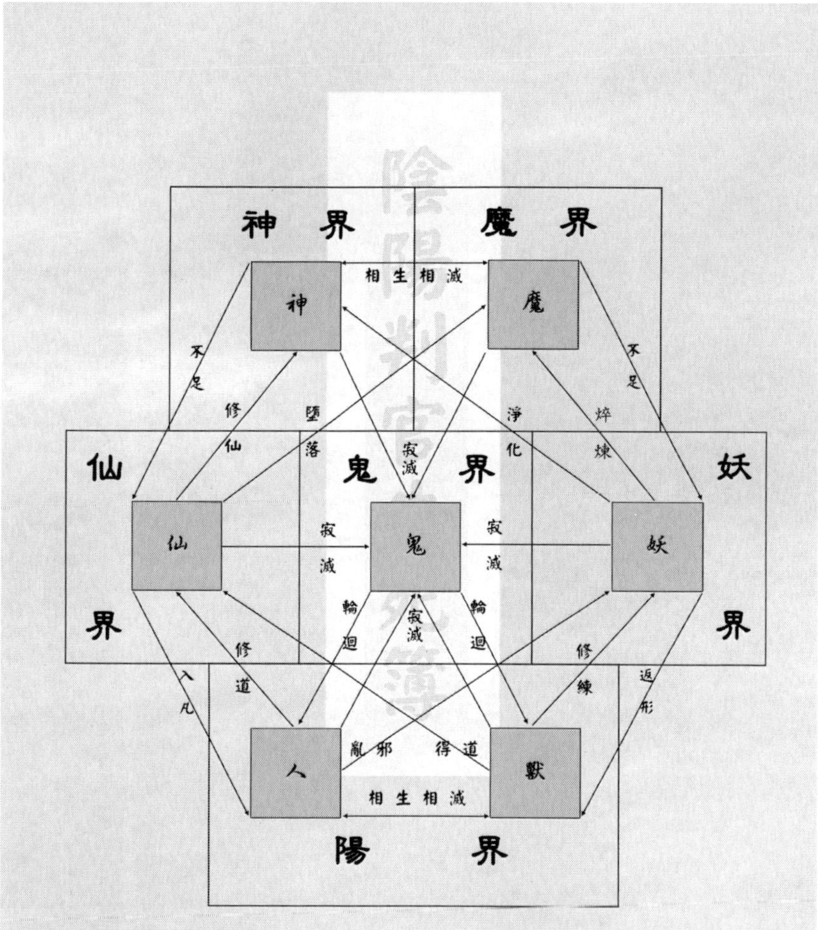
神界
魔界
神
魔
相生相滅
不足
修仙
墮落
淨化
焠煉
不足
仙界
鬼界
妖界
仙
鬼
妖
寂滅
寂滅
寂滅
寂滅
輪迴
輪迴
修道
修練
入凡
返形
人
獸
亂邪
得道
相生相滅
陽界

六道輪迴

天地六界，相生相滅，以人為初，以鬼為終。仰觀蒼天，俯察大地，人獸並存，是為陽界。人修道成仙，獸精則化妖，仙善為神，妖良則靈，晉升神道；人作亂入妖，妖處人之上，其怪而為邪妖，後墮魔道。神魔之道，神即是魔，魔即是神，兩生交替，善惡追尋。神、魔、妖、仙、人、鬼六道輪迴不已，五界生靈寂滅為鬼，六界皆以人獸為始端，亡而為魂，亦鬼之說，自成陰界，亦為靈界。

陰陽判官踰人鬼兩界，晝出與常人無異，夜巡身著官服，手持生死之簿，遇不平之鳴、不安之魂則公斷判案，為冤屈而奔走，凡罪大惡極者，不問陰陽，手揮硃筆，抹煞陰陽餘命，是為閻王之代法者。

序章

數以萬計的白色花朵在空中不斷來回飛舞，是朵朵六瓣向外開綻的百合花群。急促亂舞的花朵突然兵分多路湧向前方，將目標物團團圍住，卻倏地被一團魔界黑火所吞噬。

黑火之中出現十二名面色糜爛，不斷揮舞鐵枷鎖的著魔鬼差，鐵枷鎖伴隨著魔界黑火不時發出恐怖的呼嘯聲。

這十二名著魔鬼差背後則是一名身穿古代官服的壯年男子，鐵青的膚色如同死人，嘴邊留有濃密的鬍鬚，看起來頗具威嚴。不過泛著紅光的雙眼，卻是邪氣逼人，手上還拿著圍繞著黑火的巨型硃砂毛筆和一本泛著黑霧的古籍，正是魔判官癸亥。

「哼，雕蟲小技也想困住本官？」

魔判官癸亥才剛說完就高舉左手喚起古籍，又猛力向前一揮，一陣猛烈的黑火向前直撲而去。

這時漫天飛舞的花朵如同擁有意志之物，反向黑火行進方向聚集，而且愈聚愈多，形成一道厚實的花牆。但這花牆雖厚，卻也一下就被魔界黑火衝破，只有替補更多花朵繼續形成一道道花牆持續抵禦。

原本魔界黑火來勢洶洶，頗有貫穿重重花牆之勢，卻被源源不絕的花海扭轉優勢進而漸漸轉弱。

儘管花海成群成功阻擋攻勢，卻還是在黑火的衝擊之下化為片片灰燼慢慢落下。餘灰落盡，出現的卻是冷色調的異世界。只見一名身穿朱衣紅裙的少女手持蛇杖，站在一株蓊鬱的百年老木旁，另一手則輕撫在秀髮上的百合花片髮飾，而充滿靈性的汪汪大眼卻只是冷冷凝視魔判官癸亥，絲毫不為所動。

少女赤腳而立，纖細雪白的右腳踝上，繫著綁有鈴鐺的紅線，服裝中央更是編織細緻的斑斕花紋延伸至底，袖口、裙襬上也分別繞著一圈相同的紋路，是一套原住民魯凱族的傳統服飾。

這名紅衣少女便是自由穿梭陰、陽、妖三界的靈界四大判官之一「靈蛇姬冷雨」，而其手上看似蛇杖的物品，則是守護靈蛇姬冷雨的百步蛇勇士卡利穆，在遇到危急時所變換的防身武器。

「冷雨判官，妳、我也不是不相識，更不可能不知——」魔判官低沉的聲音在冷色調的異世界迴盪著。

「嗚哇哇！」不待癸亥繼續說完，冷雨手上的蛇杖卡利穆早就搶先大張蛇口說著。「呸！著魔撞邪就著魔撞邪！少在那邊套什麼鬼交情！更何況都已經是『魔』了，那來的『鬼』交情！」

眼看魔判官又要開口，冷雨只是輕瞇雙眼，倏地抬起右腳往前一躍，將手中蛇杖向前一揮，那原本阻擋在魔判官癸亥面前的十二名著魔鬼差立即展開成為三重陣勢。但這陣列甫一擺定，前排為首的四名鬼差，即在靈蛇姬手中蛇杖扭、轉、抽、拉、揮的靈巧牽引下，一下便讓鬼差揮舞的鐵枷鎖失序亂陣，互相纏繞攪和而動彈不得。

冷雨絲毫沒有停留，又將手中蛇杖向前一甩，原本堅硬無比的蛇杖，卻瞬間成為一條韌性十足的長蛇鞭。霎時，蛇鞭前端的蛇頭精準咬向前方一名鬼差手中鐵鍊，在冷雨巧勁旋繞下，一下便將蛇鞭穿梭纏繞在所有鬼差的鐵枷鎖之間。剩下的八名鬼差完全不是冷雨對手，在冷雨抽回蛇鞭後，全部失去重心撞成一團。

「不錯，絲毫不減當年威力，這些鬼差自然完全不是敵手——」癸亥低聲說著。

儘管冷雨已經近在眼前，癸亥依舊面不改色，喚起手中古籍，只見浮在空中的古籍來回翻頁後散出一團黑霧，那原本還倒在地上的十二名著魔鬼差，隨著團團黑霧收入古籍。

癸亥又從古籍中喚起一道濃密黑霧，將自己團團圍住，在身後更是隆起高聳黑影，形成一道屏障，緊接著右手喚著巨型硃砂筆向冷雨奮力一揮，並開口說著：「暢快！暢快！是該動動筋骨！」

「暢、暢你個頭啊——啊——啊——」卡利穆張大蛇口說著。「老骨頭快快——啊——啊——」

就在卡利穆還來不及說完「老骨頭快快散去」之時，冷雨已將蛇鞭身型的卡利穆甩向癸亥，而浮在癸亥掌中看似笨重的巨型硃砂筆，卻在癸亥運勁揮動下，彷彿僅是一根輕巧的長型竹竿。

冷雨儘管甩出長鞭纏繞住癸亥的巨型硃砂筆，但在癸亥不斷前進的猛攻之下，長鞭反倒因近戰之中帶有長度而難以有效施力。

「鏗！」

不知道什麼時候，冷雨手中長蛇鞭又再次轉回堅韌無比的蛇杖，和癸亥的判官筆倆倆交鋒發出了清脆的聲響。

轉換為蛇杖後，短距交戰的冷雨運勁反倒顯得更為靈巧。雙方一陣刺、轉、扭、旋、劈的接連過招後，癸亥手中的巨型硃砂筆愈顯笨拙，而冷雨只是不急不徐繼續發動連續攻勢，好幾次冷雨手中蛇杖已經快要攻到癸亥身上。

就在勝負快要揭曉之時，冷雨反而倏地縱身一躍跳離，並將手中蛇杖往身後一甩，那堅硬的蛇杖又瞬間化為蛇鞭順勢披回冷雨肩上。

「哼——」癸亥見狀後也停止喚動掌中的巨型硃砂筆，使其慢慢落入手中握起，並開口說著。「已經到了這個時點還想跟本官繼續鬥下去，妳以為本官會感受不到妳為了北凌月那小子已經耗損多少靈力？」

「少在那胡說八道！」卡利穆停在冷雨肩上，不知何時已轉換為百步蛇型態張大蛇口說著。「咱們公主只是不想與你這種殘兵敗將認眞較量，才處處手下留情，要不現在哪還有你開口說話的餘地！」

「時候到了——」癸亥聽完卡利穆的冷嘲熱諷，非但不以為忤，反而微微抬起嘴角說著。「這才是主因對吧！」

冷雨輕瞇雙眼沉默不語。

「冷雨判官，別以為本官不知，妳、我所等不就是停戰的這一刻——」癸亥刻意拉高音調說著。「妳的靈力這幾日已盡乎耗盡，方才近身交戰雖然力保鎮定，但別以為本官沒有察覺——」

「哼——」冷雨輕笑一聲。「彼此、彼此，你目前的功力也不過如此，別妄想能擊敗任何對手——」

「公主，老臣還可再戰——」卡利穆抬起蛇頭在冷雨耳邊輕聲說著，不過冷雨只是輕輕搖頭。

「愚蠢老蛇！」癸亥厲聲說著。「都已經鬼門大開了，這段非常時期就算是陰陽判官也別想執法，這可是天地六界早已定下的規矩！你這老蛇妖膽敢冒犯界規？」

「公主！」卡利穆睜大蛇眼說著。「管他個三七二十一的，門才剛開，追捕魔物要緊，誰管得了那麼多！一個月後還得了，那魔物不就變得更難應付，更何況還不知道會逃到何處——」

「哼，愚蠢、愚蠢至極！」癸亥縱聲大笑。「什麼魔物！眞正離經叛道的是現在你們所謂的神，而不是魔！魔才是神，神才是魔，早在你我存在之前的神魔大戰就已經扭轉了整個局勢，瞞騙了天地六界。你們自以為是神，不過是魔的爪牙！你們眼中的魔，才是眞正的神！全都被眞正的魔給屏蔽了！」

「混帳！聽你這邪魔在那放臭屁！」卡利穆怒斥著。「我蛇爺爺可活得比你這小小魔物還久遠得很呢，要誆人也先看看對象吧！」

癸亥眼見冷雨沒有回應，又再補上一句：「冷雨判官，聰明如妳，不可能完全沒有察覺——」

一直站在原地的冷雨突然輕閉雙眼，而後又陷入沉思。過了好一會兒，冷雨雙眼炯然若有所悟，接著轉身背向癸亥，頭也不回向前緩緩走動。

「嗚哇！公主！」卡利穆見狀後顯得有些著急。「別被那魔物給騙啦！什麼神才魔的，魔才是神的，全是胡言亂語——」

冷雨依舊不為所動，反倒是魔判官癸亥嘴角露出了一絲詭異的冷笑。

原本卡利穆還打算伸長蛇身繼續撲向癸亥，卻被冷雨一把拉住。

「公主，妳——」卡利穆驚叫著。

「走吧，卡爺——」冷雨眼神極為冷峻說著。「這一戰，結束了——」

冷雨話才剛說完，靈巧的身影突然從眼前消失殆盡，緊接著整個冷色調的異世界彷彿碎玻璃般瞬間崩解。而全身環繞黑霧的魔判官癸亥，隨著異世界的分崩離析，也消失得無影無蹤不知去向，整個空間只剩下魔判官的詭異笑聲不時迴盪著。

第一章

又是一個寧靜的深夜，但整個大台北都會區依舊還是可以看到零星散布的燈火。儘管城市已經進入深眠，卻偶爾可以聽到機車及汽車的引擎聲在街道上疾馳而過。

城市的主幹道上，絕大部分的時間都是一片靜謐，只有紅綠燈仍在無人的街道上執行任務，但因爲兩旁還有路燈照明陪襯，倒還不至於令人心生畏怯。

——不過在光線無法觸及的城市角落，則呈現了伸手不見五指的黑暗恐懼。

「臭凌月、爛凌月，你都欺負我——」

眼前一名十來歲模樣的稚氣女孩，身著古代服裝，頭上紮著緞帶所綁成的蝴蝶結髮飾，雖然看似站在男子身後，但其裙擺之下的雙腳卻是浮在半空。

男子不爲所動，只是微微轉頭看了女孩一眼沒有回應。這名被女孩喚作凌月的男子，雖然面容俊俏，身上卻是不合時宜的古代漢裝，並留著一頭長髮，長髮還束在髮尾邊。

這對男女如果沒有多做說明，旁人看來不過像個正在拍古裝戲的演員，不過因爲深夜之中又沒有劇組在周圍待命，總不免讓人懷疑這對男女身著古裝的原因。

「喂——」女孩鼓起稚嫩的臉蛋，清純的模樣十分可愛。

男子還是自顧自地繼續向前走著。

其實這名身著古裝的男子，便是與靈蛇姬冷雨齊名的「靈界四大判官」之一陰陽判官「凌月」，而他身後一路跟隨的女孩，則是凌月的頭號鬼吏「十三零」。

陰、陽、妖、仙、神、魔是為天地六界，陽界之中人與獸並存，妖與仙皆在人獸之上，神與魔則是天地六界最高階層。當人、獸、妖、仙、神、魔死後，皆會進入陰界接受審判，並重新投入六道輪迴，唯有陰界之鬼再受重擊便會「寂滅」消逝，無法再次投入輪迴重生。

東雨、西風、南日、北月，自古即為鎮守擁有穿梭天地六界之門靈島的四大判官。因為天地六界中的陰界又稱為靈界或鬼界，這座與陰界關係特殊的靈島自然也被後世稱作鬼島，而在近代陽界中則被人類稱作「台灣島」。

原本為自由穿梭陰陽兩界，靈力高強的陰陽判官凌月，因追擊魔判官癸亥而身負重傷，為避免「寂滅」消逝，情急之下只有投入六道輪迴。在陽界重生後，原本強大的靈力盡失，為使神格覺醒，在鬼吏十三零的協助下，不斷在陰陽兩界幫助孤魂野鬼放下執念了結心願，藉以累積神格對抗魔判官癸亥。

「我說——」十三零依舊鼓著雙頰氣呼呼說著。「你該不會還在為那個毒蛇公主著迷不已吧！羞、羞、羞，那隻毒蛇可是看也看不上你這臭凌月啊！」

凌月挑起雙眉，瞥了十三零一眼說著：「老太婆，冷雨判官當初可是為了守護我們才獨自和魔判官應戰，而今卻音訊全無，總不免令人擔憂——」

身為百年女鬼的十三零，儘管外貌仍是個稚嫩的小女孩，但因為鬼齡已遠遠超過重新投入六道輪迴的凌月，讓凌月總是不經意稱呼她為「老太婆」，這點當然令十三零相當不滿。

「胡說八道、胡說八道——」十三零緊握小手飄到凌月面前。「那隻毒蛇公主搞不好早和魔判官串通好了！」

「哼——」凌月沒有理會繼續向前，眼前卻突然出現一道迅速閃過的黑影，使凌月不覺停下腳步自忖著。「那是——」

「臭凌月，你不理我，我才不理你呢！」十三零小吐舌尖在凌月背後做起鬼臉。

「這是冥界的魔物嗎——」凌月輕瞇雙眼打量了眼前的黑影身形，那是一隻四腳爬行的魔物。乍看很似黑貓，不過這魔物的頭卻是青面獠牙的恐怖面貌，前腳是禽類鳥爪，後腳則為畜類偶蹄，而其散發紅光的雙眼更是邪氣逼人，顯然不是陽間所有之物。

「噗哧——」十三零挽起衣袖遮在嘴邊笑了一聲。「哎呀，我說凌月大爺，其實我早就發現魔物一路尾隨的蹤影，我倒想看看你什麼時候才會察覺——」

「什麼意思——」凌月輕皺雙眉說著。「妳早就發現了？」

「哼——」十三零噘嘴說著。「臭凌月，你自己再看仔細一點，根本就不只一隻魔物，叫我老太婆，你自己看著辦吧！反正牠們的目標是你又不是我——」

凌月冷冷看了身後的十三零一眼，十三零卻只是看好戲般慢慢飄離凌月。凌月明白十三零賭氣的用意後，只好轉身自己面對眼前的魔物，接著伸出右掌喚起藍綠火焰，火勢由弱轉強，一下就照得前方宛如燈火通明。

這不照還好，一照之下才發現埋伏在四周的魔物不只一隻，前方一下就出現了三隻拱起背脊的魔物。再瞥向兩旁，更發現左右兩側各有四對散發紅光的邪眼惡狠狠瞪著。

儘管如此，凌月依舊不為所動，只見右掌中的藍綠火焰愈燃愈烈，凌月透過烈焰中所見的魔物身影突然逐漸放大，並倏地伸出前爪直撲而來，後頭兩隻也跟著一躍而起。凌月算準時間將烈焰往前一放，原以為可以逮住眼前三隻魔物，不料魔物身法之快，一晃眼便閃過藍綠火焰。

「不好——」凌月暗叫不妙，向右一閃，身體卻還是能感覺被帶頭魔物的利爪劃了過去。凌月儘管覺得有些不適，卻顧不得傷勢嚴重與否，繼續燃起地獄之火，不過怎麼樣也追隨不上魔物的身影。

「嘻——」只見十三零遠遠飄在半空，還伸出右手遮在嘴前不時竊笑，彷彿眼前的這一切都與自己毫不相關。

「可惡——」凌月發現負責守護自己的鬼吏一副事不關已的模樣，不覺有些惱火，但看到眼前的魔物愈聚愈多，目測已增加至數十隻，而這些魔物還不斷從四周湧入，右掌中的藍綠火焰已全然跟不上魔物的移動速度。

凌月眼見情勢愈形危急，迅速從左掌也喚出火焰交錯防禦，卻還是無法招架逐漸增多的魔物，身上恐怕早已出現許多魔物所造成的利爪抓痕。

「死老太婆！當眞要這樣見死不救！」凌月雙手交錯藍綠火焰，明顯壓抑怒氣說著。

「哼——」十三零刻意閉起雙眼視而不見。「誰叫你平常都故意不理我！怎麼樣，現在知道我的重要性了吧！」

「喔——」凌月欲言又止，右掌收攏停止召喚地獄之火，不一會兒又放開右掌喚出了判官筆。

「死老太婆——鬧什麼脾氣——」凌月憤恨地唸著，左掌火焰用於照明兼具抵擋魔物攻勢，而右手已開始趁勢揮舞判官筆向魔物伺機攻擊，在判官筆的左右來回進攻之下，總算擊中其中一隻迎面而來的魔物。

這隻魔物被凌月集中要害後，先是一聲哀鳴，緊接著便化為細沙隨風而逝。

「嗯——」十三零雙手環繞胸前說著。「還不錯嘛！努力那麼久，終於打中一隻了——」

「喔——」凌月聽見十三零帶有諷刺的言語，雙眼微睜有些惱怒。

就在凌月轉頭瞪向十三零的同時，突然出現三隻伸出利爪的魔物迎面而來，等到凌月發覺時早已撲在自己胸前緊抓不放。凌月驚慌之下迅速將右掌中的判官筆往身上魔物一刺，接著又放出左掌中聚集已久的藍綠火焰，這才又將其他兩隻魔物逼了回去，不過凌月此時早已氣喘吁吁，顯得相當狼狽。

「臭凌月——」十三零繼續以輕蔑的口吻說著。「你當眞以為我會一直幫你嗎？我早就受夠了！」

「死老太婆，妳跟這些魔物有什麼關聯！該不會是想背叛吧！」凌月一臉不悅地說著。

十三零沒有回應，反而只是露出了一抹詭異的微笑。

「可惡！」凌月愈想愈可疑，這完全不像十三零的作風，平時就算是鬥鬥嘴惹怒十三零，只要一遇到危急狀況，十三零也不可能放手不管。凌月對於自己鬼吏的袖手旁觀已經完全失去耐性，緊皺眉頭使勁讓左掌中的火焰愈燃愈烈，整個藍綠火焰的範圍，已經慢慢擴展至凌月全身，而右掌中的判官筆更可以感受到強大的靈動之力。

「喔——」十三零早已察覺氣場的擾動，對於眼前陰陽判官的靈氣變化總算眼睛為之一亮。

眼看凌月的藍綠火焰已經包裹全身，四周全是凌月靈氣所造成的波動，一隻撲向凌月的猛烈魔物，卻在觸碰凌月的一瞬間，隨即發出一聲哀鳴後便化為細沙般的灰燼，而跟在後頭的魔物也接二連三重演一樣的戲碼。

其他原本環繞在凌月四周蓄勢待發的魔物，見到這般場景，本來散發紅光的邪眼，一個個逐漸黯淡，轉爲驚恐的神色，而高舉的尾巴，一下就往兩股之間夾了下去。

凌月沒有停下左掌中的火焰，而高舉在右掌中的判官筆，筆尖同時逐漸聚集一股強大的靈力，就在這電光石火之間，只見凌月突然大喊一聲：「我懂了！」

這短促的喊聲才剛結束，聚集在凌月四周的火焰頓時一閃即逝，而右掌中的判官筆也同時失去靈動。

原本逐漸退散的數十隻魔物，這時又重現猙獰的恐怖面孔，充滿邪氣的一雙雙紅眼又在黑暗之中慢慢浮現。

然而，面對愈聚愈多的魔物，凌月卻只是露出了充滿自信的微笑。

ঙ ঙ

「哼——」凌月對著十三零冷哼一聲，繼續往前漫步。「我發現了——」

儘管凌月擺出一副毫不在乎的模樣，不過他身上卻攀附著不斷對他伸出利爪來回揮舞的三隻魔物，而四周仍有數十隻魔物蓄勢待發，與凌月老神在在的表情形成相當詭異的強烈對比。

「嘻——」十三零這時總算從遠方飄了過來，而四周魔物察覺十三零逐漸接近的身影，全都低下頭去退讓出一條道路。「這麼快就放棄了？害我剛剛還很期待你的大爆發呢！」

「我發現了，這些魔物儘管面容可怖，但一點殺傷力也沒有——」凌月伸出右手拍拍左胸，不過依附在胸前的魔物仍舊沒有離去，除了持續揮舞利爪外，更張開血盆大口往凌月身上猛啃，但凌月只覺得身上有些癢癢的，一點疼痛也沒有。「怪不得妳這死老太婆會如此見死不救——」

「唉呦——」十三零輕嘆了一口氣。「我說，你就是凡事都那麼冷靜分析，剛剛看你被激怒之後，好不容易散發前所未有的靈力，然後就突然一個冷卻後什麼都沒了，你到底行不行啊——」

凌月只是冷冷看了十三零一眼，轉身又往前走，不過身上依舊還是攀附著那三隻死纏爛打的魔物。

「臭凌月——」十三零輕皺秀眉說著。「這些魔物如此低等你都打不過了，你這麼弱還妄想打敗魔判官嗎？」

「哼——」凌月睨了十三零一眼。「我不會被妳言語激怒的，說得那麼容易，那妳又有多少能耐？一次出現這麼多魔物，就算牠們沒什麼殺傷力，我看妳又能怎麼辦？」

「好啊——」十三零噘嘴說著。「你自己要求的喔！看仔細吧，我就放慢動作示範給你看看！」

十三零話剛說完，先是伸出左右雙拳相疊置於胸前，接著兩拳向外筆直一拉，喚出了血紅色的索命長鐮，是鬼差常用的索命工具。

「臭—凌—月—看—仔—細—啦—」

十三零刻意放慢一字一句，輕閉雙眼後再次張開，那清澈的雙眼早已散發微微的青色光芒。

原以為十三零會放慢速度，但才一晃眼的時間，只見小女孩一下出現在眼前，一下又突然現身後頭。而手中的索命長鐮，幻化為若有若無的赤色魅影左右搖晃，一瞬間周圍的數十隻魔物已然化為風中細沙。

凌月一臉認真追隨十三零的身影，明明已經聚精會神想要努力跟上，卻還是時而失去十三零的蹤影，總覺得十三零並沒有如她所言放慢速度，反而刻意以全速展示。

「哼——」十三零將雙手中的長鐮使了一個漂亮的旋轉後，動作俐落單手一揮，順勢又將長鐮喚了回去。四周還剩下數十隻魔物，眼見許多同伴已被十三零輕鬆收拾，原本囂張的氣焰已然消逝殆盡，取而代之的反是遲疑與恐懼，幾隻魔物見到對手來勢洶洶，早已轉身就跑。

「好啦，臭凌月，我再來示範靈力的運用，看——清——楚——啦——」

十三零再次輕閉雙眼，右手擺出劍指，口中念念有詞，青色光芒慢慢布滿全身，秀髮也隨著逐漸高漲的靈力波動飄逸。十三零接著雙眼一睜，一股強大的靈力以十三零爲中心，一下便往四周同幅擴散，那些原本已經逃離的魔物，一併與停留原地的同伴一瞬間化爲烏有，而整個地面也因爲靈力震盪造成微幅晃動。

凌月見到十三零一晃眼就把先前困擾已久的魔物群輕鬆解決，俐落的身法彷彿只是一個易如反掌的簡單動作。原以爲這陣子自己的靈力已有所提升，但和自己的鬼吏相比，卻仍是相差甚遠，兩者落差之距，恐怕也不是短時間的修練就能望其項背。

「嘻——」十三零沾沾自喜飄到凌月身旁，臉上依舊還是掛著不懷好意的笑容。「臭凌月，這樣你滿意了吧，我可是刻意放慢速度，到底有沒有看清楚啊——」

凌月先是停下來看了十三零一眼，接著又別過頭去繼續前進。

「唉呦，我可是只釋放了一點點的靈力——」十三零還伸出右手食指與拇指交疊，示意那一點點的量。「眞的就是那麼一點點，是那些魔物太弱了，可不是我的靈力很強，牠們就算加總起來跟魔判官任何一隻著魔鬼差相比起來，實力還是相差太遠了！」

凌月聽了以後更爲不悅說著：「死老太婆，妳是想說我靈力遠遠比不上任何一隻著魔鬼差就對了吧！」

「事實就是如此啊——呃——也不是這樣說——」十三零可以感受到凌月刻意壓抑的怒意與沮喪，一下就斂起笑容，反而開始同情凌月的處境。「那些魔物也是最近才出現在陽界，其實連該怎麼稱呼都不知道，不過經過這陣子觀察，除了長相恐怖之外，似乎因爲過於低等，也沒什麼殺傷力。牠們對陽界人類也沒有影響，只會對帶有靈氣的人物產生感應，但似乎看到比自己強的對象就會逃離，又只對比自己還弱的對手攻擊，想說你也修練了一段時間，才想藉此機會看看你的成果——」

十三零話還沒說完，就發現凌月神情愈形凝重，這使十三零眞不知該如何再繼續說下去。

「等等——」一臉嚴肅的凌月突然開始喃喃自語。「這些魔物是最近才在陽界出現，又是相當低等的魔物——」

「凌月——」十三零自覺先前取笑和捉弄有些過火，趴附在凌月背後，一臉愧疚地伸出右手，作勢就要輕拍凌月的頭，不過凌月反射性撥開十三零的小手，儘管如此，十三零還是繼續開口說著。「別這麼喪氣嘛，老實說你的靈力已經比之前進步了，而且就我在靈界打聽到的消息，你以前眞的是個高手，最擅長的兵器其實不是判官筆，那不過是你的副兵器罷了，最厲害的是那個——那個——叫玄什麼來著的——」

「喔——」凌月陷入沉思，根本就沒注意十三零在說些什麼，突然雙眼一亮說著。「我想那些魔物有可能是來自那個在靈界中冒出的冥界，恐怕是冥界派出來探索陽界的魔物。天地六界各有結界，若是眞的屬魔界之物，恐怕也不是那麼容易就過得了結界，只不過最低等魔物或許是可以鑽過結界縫隙──」

「嗯──」十三零點點頭。「這些魔物確實看起來沒有靈性，也不具靈魂，眞的可能只是魔界製造出來探路的意念物──」

「對了──」凌月轉頭對十三零說著。「妳剛剛說這魔物叫做什麼？」

「什麼！」十三零握緊扒在凌月肩上的小手，顯得有些不悅。「難道我剛剛說的話，你都沒有在聽？我明明就說過我不知道叫什麼！」

「哪有──」凌月不以爲然地說著。「明明是說叫玄什麼的──」

「臭凌月，我那是在說你以前擅長的兵器啦！」

「兵器？什麼意思？」

「判官筆雖然可以當做武器沒錯，但那不是你以前擅長的兵器，你以前擅長的兵器是叫玄什麼來著的──」

凌月皺起眉頭說著：「那是玄什麼呢？總不會眞的是『玄什麼來著的』吧？這也難怪判官筆用了那麼多回，總覺得不是很順手──」

「哪是──」十三零立刻回嘴說著。「那是你自己功力不夠吧！你瞧那魔判官的判官筆可是使得厲害的呢！」

「唉，算了──」凌月對著十三零搖搖頭。「每次妳從靈界探聽到的訊息都是支離破碎，到底是妳情報蒐集有問題，還是妳記性有問題，眞是──」

凌月講到後來已經不想再說，索性別過頭去。確實，鬼的記憶不是很好，到底是十三零打聽情報的能力有問題，還是她的記性有問題，這一切也就不得而知了。

「哪有——」十三零怒氣沖沖地說著。「我最近可還打聽到了四大判官『西風』的消息呢！」

「可有什麼天——大——的——消——息——啊——」凌月不覺得十三零能獲得什麼有用的訊息，刻意拉長尾音說著。

「就是——就是——」十三零伸出右手食指頂著自己的下唇，努力回想著。「就是靈界已經很久沒有『西風』的訊息了，好像已經銷聲匿跡很久了——」

「噓——」凌月發出相當不屑的聲音。「這算哪門子的消息，這不跟沒有打聽到一樣嘛！」

「這不一樣啦！至少知道應該鎮守靈島西部的『西風』不見了，搞不好跟你這臭凌月一樣投胎去了——」

「投胎去了——」凌月喃喃自語。

十三零邊點頭邊說著：「是有這個可能啊！因為我聽到的消息，『西風』是個同時被天地六界所追殺的對象，可能真的已經被不知道哪一界的高手打到重傷投胎去了——」

「天地六界共同追殺的對象？為什麼會這樣？」凌月詫異地問著，想想自己長期被魔判官所追擊，已經不堪其擾，想不到竟然還有被天地六界所共同追殺的對象，這個「西風」到底是幹了什麼好事才會成為六界公敵。

「這我真的就不知道了——」十三零聳聳肩。

「冷雨公主銷聲匿跡，『西風』也沒有消息——」凌月低頭向前走著，口中喃喃自語著。「到底發生了什麼事？」

「嘖──」一聽到「冷雨公主」四字，十三零神情一變，氣沖沖飄到凌月面前說著。「臭凌月、爛凌月，我聽到了，我就知道你又在掛念那毒蛇公主，你很討厭耶！也不想想是誰形影不離保護著你！」

「臭老太婆，沒有人會想跟妳形影不離，就怪我自己不爭氣，需要被妳保護，我也是逼不得已──」

凌月原本還想再對十三零繼續說著，十三零身後恰巧飄過一張隨風飛起的報紙，似乎是先前有人看完後所隨意丟棄。當風止息時，這張報紙正好就落在十三零後方，凌月原本只是隨意瀏覽到報紙一隅的標題「台中公園遊民連續毆打事件」，但沒多久突然雙眼微睜，因為報紙上另一個斗大而悚人的標題，深深吸引了凌月的目光。

第二章

台中豐原車站高架化後，整體建築由十座吊橋立柱造型裝飾而成，由於位在高架化車站起點，北接平面鐵路，所以建築樓層高度不似台中其他高架化車站，僅爲兩層式建築架構。

一名身穿深藍色夾克外套與牛仔褲的俊俏少年，留著一頭中長髮型，正往豐原車站正門口前進。

時序已進入秋天，在迷濛的夜晚中，整個街道不時吹起陣陣涼風，雖然一旁的路燈依舊齊一式亮著，不過整座車站亮光未及之處，卻仍帶有濃郁的昏暗之感。

車站四周可以看見幾名身穿警察制服的員警來回巡視，各個神情嚴肅不斷盯著經過車站附近的民眾，而這些民眾似乎也跟著沾染了一股肅殺氣息。

「臭凌月——」少年身後突然冒出一名小女孩，便是百年女鬼十三零。「昨晚後來幹嘛都不理我，還突然跑來靈島西部——」

凌月對於十三零突然現身沒有反應，只是繼續向前進入車站，接著又往自動購票機前進。

十三零因爲凌月要進入陽氣較重的火車站內，也就暫時離去不想現身。

豐原車站內依舊可以看到幾名制服員警四處巡邏，凌月從購票機購買車票後，沒有多作停留，就站上通往二樓的電扶梯，過了一會兒，便進入候車月台。

進入北上月台後，因爲已經過了交通尖峰時間，同一個月台候車的民眾只有零星四、五人。

凌月往對面南下月台望去，候車民眾約有十來人，但卻可以發現其中一塊區域明顯沒有多少人願意靠近。那個區段雖然經過清洗整理，但昨天經過媒體大肆報導後，只要是熟知豐原車站的民眾，都可以從新聞畫面中得知意外發生的確切地點。

前晚接近深夜時段，停靠在豐原站的南下電聯車發生西部鐵路恐怖爆炸事件，其中一節車廂疑似被不名人士放置爆裂物，造成同節車廂三人死亡。經由警方調查後，發現爆裂物威力驚人，除將整節車廂炸得面目全非外，並造成在場的三名乘客當場死亡。這三名死者除了其中一人因爲屍體支離破碎又無可供辨識的證件，至今仍無法確認身分，其他兩名死者分別爲一名男性許建廷及一名女性林萍，兩名可辨識身分的死者因無熟識關係，推測同節車廂的三名死者可能均無關聯，此案件初步不排除可能爲無特定對象的恐怖攻擊。

原本沒有對這則新聞多作聯想，但昨晚得知陽界先前已開始出現不明魔物，又聽聞靈界四大判官「西風」銷聲匿跡的消息，雖說距離案發時間已過了一天一夜，就算這恐怖事件起因與魔判官無關，但魔判官的那十二名著魔鬼差，恐怕早已闖入案發現場截擊死於非命的怨魂。儘管如此，凌月還是決定前來一探究竟，看看是否能早於魔判官爪牙尋獲這三名死者冤魂。

凝視前方而陷入沉思的凌月，突然感到一股詭異的氣息強襲而入。

凌月微微側頭瞥向右方，正好有兩男兩女，其中一對站在候車月台，看似大學生的男女正依偎在一起，兩人不時側頭細語呢喃著；另一名看似上班族的年輕男子則自顧自地滑著手機，還有一名穿著高中制服的女孩坐在月台候車座位上，手邊還有一個提籃，只是雙眼無神看著前方發呆。

「臭凌月——」十三零又從凌月背後出現。「你到底想幹嘛啊？」

凌月沒有理會，再往左側瞥去，是一名濃妝豔抹的輕熟女，手中拿著大尺寸的粉紅手機低頭滑著。凌月輕瞇雙眼思考著，剛才確實可以明顯感受，彷彿有對不懷好意的雙眼盯著自己，但左右觀察後卻也沒有異狀，無法確定是否只是自己多心。

「哎呀，我現在才發現——」十三零有些詫異，抓起凌月的頭髮說著。「你怎麼把頭髮弄斷啦，看起來斷痕還有些整齊——那個什麼『身體髮膚受之父母，不敢毀傷』的，你出了什麼意外啦——」

「嘖，妳不懂啦，我如果變回原形，頭髮一下就會變長回來，我在這不能太顯眼，如果不稍微修剪一下，是很有可能會被盯上的——」凌月想想又搖了搖頭。「不想再跟妳多做無意義的解釋了——」

「什麼啦，是會被誰盯上？魔判官的著魔鬼差嗎？」十三零輕皺雙眉說著。「你以為把頭髮弄斷著魔鬼差就認不出你嗎？真是完全聽不懂！」

「死老太婆，別管這些不重要的事——」凌月側頭對背後的十三零說著。「妳去對面月台看一下是否有鬼魂，或是在鐵軌上來回巡視看看，我想這裡陽界人氣還不算少，著魔鬼差應該還不至於在此刻出沒——」

「什麼啊——」十三零露出疑惑的神情。「躍抬？鐵鬼？那是什麼樣的鬼呢？今晚怎麼淨說些我聽不懂的話——」

各項理解能力還停留在古代的十三零，實在無法明白凌月所指的現代名詞。

「唉，算了——」凌月無奈地嘆了口氣，接著指向前方說著。「我說，就是在這附近看看有沒有可以看到妳的鬼魂。」

因為人鬼處在不同空間向量，如果在這附近有人可以看見處在鬼空間的十三零，除非是具備陰陽眼，不然恐怕就是不知道自己已經死亡的鬼魂，這也就是所謂的「人鬼殊途」。

「什麼？臭凌月，你說前面那邊嗎？看起來很多人耶，這樣陽氣頗重，過去那邊還頗耗靈力的，只是陽氣這麼重還會有鬼魂嗎？」

「妳就去看看吧——」凌月雖然覺得十三零說得也有道理，卻還是希望十三零前去確認，搞不好眞能找到前晚爆炸事件的亡魂。「如果眞有亡魂，把他們帶回來，因為這裡前天晚上有發生重大命案，造成三人死亡——」

就在凌月轉頭催促十三零的同時，凌月又再次感受到那強襲而入的寒意。凌月赫然發現對面月台的某個角落，有一名身著警察制服的員警佇立原地死盯著凌月。

凌月趕緊低頭假裝等著火車，恐怕先前和十三零交談的模樣，在常人眼裡必然看來活像個與空氣對話的精神異常者，已經引起在場警方的注意。原本還怕平時的長髮容易被人注意而刻意先行修剪為一般常見的髮型，更怕直接出現在前晚發生爆炸事件的南下月台，恐怕會引起警方注意，才會特地選擇北上月台隔岸觀察，想不到卻還是在此處遭到警方的注目。或許因為放置爆裂物的嫌疑犯，很有可能再重回案發現場親自檢視自己的成果，因此警方也不敢大意，加強查緝此處的可疑人士。

看著十三零前往對面月台飄來飄去，似乎沒有什麼收穫，過了一段時間，遠方已傳來電聯車磨擦鐵軌的隆隆聲響。

見到一同候車的民眾都已準備迎接即將進站的電聯車，凌月為避免成為警方懷疑對象，也不敢繼續逗留此處。就在電聯車到站停妥後，凌月只好硬著頭皮依序跟著上車。

不過當凌月踏上電聯車之時，那股寒意又再次襲捲而來。

凌月面露警覺，再次快速掃過所有同站上車乘客，就是之前所看到的那五人，卻還是沒有發現異狀。

因爲是夜間列車，其實不僅是這節車廂沒有多少乘客，連其他車廂看過去也幾乎是空蕩蕩的。電聯車車廂內，是左右兩側面對面的長條座椅，凌月找了一個空位坐了下去，拿著提籃的女學生和濃妝輕熟女也在這節車廂就坐。那對大學生情侶，本來男的有意在此坐下，但女的說了幾句後，兩人又靠在一起走向其他車廂。而那名上班族打扮的男子，進入車廂後還是持續站著沒有就坐，接著低頭滑起手機。

電聯車還沒開啓，凌月重新整理思緒，看來前天晚上的三名死者亡魂，恐怕已經被魔判官癸亥的十二名著魔鬼差擊劫而去，還是這起恐怖意外本身就與魔界甚至是冥界有所關聯？

凌月又想起今天在新聞媒體的談話節目中，許多名嘴分析剩下一名身分不明的死者，極有可能就是整起恐怖事件引爆炸彈的主謀，似乎也不無道理。但因爲死者身分及犯案動機待查，截至目前爲止也只是名嘴們的私自推測。

「嘖，臭凌月，還好我有發現——」十三零突然出現在凌月面前氣呼呼說著。「這是什麼怪房子啊？竟然還會移動？你到底又想丟下我跑去哪了？」

凌月還沒來得及回應，電聯車開始播放即將啓動的輕快音樂，就在凌月正要開口回應十三零之時，眼看電聯車門就要關閉，一名員警在這千鈞一髮之際，恰巧從車門夾縫中跳進凌月這節車廂。再仔細一看，便是先前在遠處角落盯著凌月的那名警察。

——難不成這名警察其實有陰陽眼，所以可以看見十三零？凌月思忖著。

凌月瞥見女高中生抬頭望了警察一眼，一下又低頭閉目，而年輕男性上班族與輕熟女因爲一直持續滑著手機，所以也就沒有注意到這名突然出現的員警。

警察繼續盯著凌月慢慢前進，似乎就要上前攀談，就在這時電聯車已開始加速前進。

「哎呀，這房子怎麼一回事——」十三零驚叫一聲，原本早已停留在凌月身旁，卻因爲電聯車的啓動及人鬼所屬空間不同，僅有陽界的「人」與「物」會伴隨電聯車前行，而屬於陰界的十三零則被留在原地，只能看著凌月等人慢慢離去。

凌月原本也有些訝異，但一下便想通其中原因，只是露出訕訕的笑容向十三零揮手道別。

望著凌月的身影逐漸遠去，雖然搞不清楚這一間間串聯的「房子」，爲何會如此迅速移動，一想到該不會又是凌月想了什麼花招想把自己拋下，又怕靈力不足的凌月會不會是誤入魔判官的什麼詭計，心急如焚的十三零早已起身迅速飛向前行中的電聯車。

不過因爲電聯車已經進入加速階段，讓十三零也不是那麼容易追上，情急之下只好發動靈力向前飛進。

一道青色光芒逐漸環繞十三零全身，即使電聯車已經加速行駛，十三零還是一下就拉近兩者之間的距離。

不一會兒，凌月感到背後有一隻小手搭在肩上，不用想也知道會是誰的小手。

「臭凌月——」十三零氣喘吁吁說著。「這到底是怎麼一回事啊！」

十三零雙手緊緊抓住凌月雙肩，整個身體趴附在同時橫跨陰陽兩界的凌月身上，這下總算不會被屬於陽界中不斷前進的電聯車給拋在原地。

「噗哧——」凌月忍不住笑了出來。「我說，讓妳這老太婆多多活動筋骨也是不錯的吧！」

十三零聽了以後雙眼微睜，並以十分不滿的口吻說著：「什麼！我可是擔心你是不是身陷危險這才拚命飛奔而來，想不到卻是好心沒好報啊！臭凌月，你太過分了——」

「等等——」原本還在訕笑的凌月突然想起什麼而斂起笑容。

凌月往前方的電聯車通道一望，不覺眉頭深鎖，突然起身往後方的電聯車車廂奔去。

「沒有——」

凌月神情有些慌張，不斷在後面幾節車廂搖搖晃晃走著。

「啊？什麼有沒有啊——」十三零一頭霧水，趴附在凌月背後問著。「你到底在找什麼啊？從剛剛就一直在後面這幾間房子重複找來找去，而且走路怎麼都不好好走啊，像個醉漢似的——」

「妳不會懂的，這是因爲火車在行進間，走路當然不穩，妳這飄來飄去的老鬼是不會懂的。」

「哼——」十三零冷哼一聲。「就是聽不懂，不管啦，那你到底在找什麼？」

「先前電聯車車門快要關起來的時候，妳應該也有看到一名警察跑進來吧？原以爲他可能會來向我盤查，但我後來發現他不見了——」

「你說那個，呃，你好像說過穿這種衣服的，就是相當於以前在衙門辦事的官差嘛，我有看到啊——」

「是啊，原本以爲是跑去別節車廂，可是剛剛往前方的車廂通道望去，並沒有這名警察的身影，所以才想說往後頭的車廂去看看，卻也沒發現他的身影，怎麼會在這麼短的時間就這樣消失了——」

沉默了好一會兒，凌月突然驚叫了一聲：「不對——」

凌月想起在月台瞥見那名員警時，人明明還在另一側月台的角落，就算腳程再怎麼快，也不可能一下子就通過樓梯跑到他們這一側的月台，除非是躍下鐵軌直接奔向凌月這一側。但這名警察就算覺得凌月可疑，有必要如此冒險追捕嗎？而且剛進電聯車時，一副就要前來盤問凌月的樣子，怎麼一轉眼又消失地無影無蹤？難不成這名員警的追查對象不是凌月而是另有他人？恐怕得再去前方車廂確認才能了解眞正的原因。

「臭凌月，要放棄搜尋了嗎？」十三零在凌月耳邊說著。「我跟你說我有看過那名官差啊——」

凌月只是朝後方揮揮手，示意要十三零不要打斷自己的思緒。

十三零看見凌月一如往常不重視自己，也就只好鼓起雙頰在凌月背後做著「鬼」臉。

「等等，難不成——」凌月突然轉頭看向十三零。「妳指的看過，是在電車外、鐵軌上！」

儘管凌月雙眼炯炯有神，十三零還是一臉疑惑問著：「『鐵鬼』到底是什麼鬼啊？我聽都沒聽過，還是不知道你在說什麼——」

凌月想通那名員警的目標並不是自己，而是十三零。這也可以解釋爲何那名員警會冒險從月台躍下鐵軌，又爬上他們的月台奔入車廂。這樣的驚人舉動又沒被其他人發現，能解釋的原因只有一種，那便是那名員警不是「人」。

「我說，老太婆，妳看見那名警察時，是不是就在妳剛才被電車拋下的地方——」

「臭凌月，你總算要聽我說話了吧——」十三零輕皺雙眉說著，顯然對凌月到現在才願意聽她說話感到相當不滿。「我就說我有看到那名官差，就是在我被這一串會移動的怪房拋開的時候。我和那名官差都被留在原地，我一時慌張，擔心你的安危，想都沒想就追上來，哪管得了那名官差呢？但剛剛你說你在找他，我想跟你說有看到，你又不理我，活該吧！哈，讓你在這怪房子中來回多跑幾趟活動筋骨也不錯呢！」

凌月被自己剛剛說過的話反嗆回來，有些不是滋味說著：「嘖，死老太婆，妳難道都沒發現他就是鬼嗎？」

「唉呦——」十三零噘嘴說著。「我一心只掛念你的安危，哪會去想那麼多。但經你這麼一說，他好像看得到我，而且在他身體離開那一連串的怪房子後，還掉到地上，又不像我能飄在空中，我就沒有多想什麼了——」

「妳可是會運用靈力才能飄在空中，一般的鬼若沒練過，連已經往生都不知道，又怎麼知道自己能飄？離開電聯車後眼前所見只剩下鐵軌，腳底下又沒有可以踩踏的實地，在自己不自覺的意念驅使下，當然就只能墜地了——」

「嗯，話是這樣說沒錯——」十三零微微頷首表達贊同。「那現在怎麼辦，要回去找他嗎？可是這一串移動的房子一直往前，該怎麼停住呢？」

「嗯——」凌月右手輕托下巴陷入沉思。

新聞媒體看到的爆炸事件內容，並沒有提到有警察身亡，難道他會是身分不明的第三名死者嗎？如果真如電視名嘴分析那般，倒是有可能就是引爆炸彈的可疑嫌犯。不過，爲何一名員警會成爲恐怖事件的兇手？

凌月突然轉頭向趴附在身後的十三零說著：「不如妳就先飄回去找那名警察，別讓他被著魔鬼差抓走啦！」

十三零雙眼微睜說著：「我才不要！又想支開我嗎？要是你發生危險怎麼辦？」

「我這裡還好吧——」凌月毫不在乎地說著。

由於先前搜尋員警鬼魂時，凌月已移動到其他車廂，現在這節車廂除了凌月以外空無一人。不然旁人因爲看不見十三零，若是瞧見凌月自言自語的模樣，多少都會對凌月的精神狀態起了疑心。

「這裡還有那麼多人，陽氣很重，應該沒問題的——」凌月指著另一節車廂又補了一句。

「不要，我的使命就是保護你的安危，也不想想你的靈力有多弱啊！」十三零的小手緊抓著凌月的肩膀。

「哼——」

見到頭號鬼吏完全不聽自己的指示，凌月只是冷哼了一聲。如果要返回豐原車站，最快也得先等這班列車停靠在下一站，也就是后里站，再改搭南下列車返回。但這樣不知道還要耗上多少時間，這之間不知道著魔鬼差是否會先找上那名警察的亡魂。不過因爲十三零說什麼也不願意離開，百般無奈下，凌月也只能等待這班列車的靠站。

待在空無一人的車廂苦等也沒有意思，倒不如回去之前的車廂，看看是否會有其他線索，凌月索性走回先前上車的那節車廂。

通過兩道車廂聯結門後，凌月移動到當初上車的那節車廂，並在靠近聯結門附近的座位坐了下來。

女高中生和濃妝輕熟女還是坐在車廂的另一頭，而那名上班族打扮的年輕男子，則持續站在車廂中段。

年輕男子身上穿著時髦亮麗的灰色西裝，左手掛著一個質感高雅的黑色手提包，並同時拉著吊環，以避免電車行進的晃動造成身體重心不穩；而右手則持續滑著手機，三不五時就對著手機螢幕發出笑聲，看起來正在使用通訊軟體與某人交談著。

車廂中段另外出現一名五十來歲的中年男子，坐在年輕男子站立位置的對側座位。中年男子蠻有可能是從別節車廂上車，等電聯車從豐原車站開啓後，才從別的車廂移動過來。

這名中年男子的穿著打扮，看起來也像個上班族，兩腮與嘴角邊不但沒有任何鬍渣，反而在嘴邊附近留有些微泛紅，就像剛刮過鬍子所留下的印記。留著一頭中長髮，卻用過多的髮油將頭髮往後梳得一絲不苟，雖然力圖乾淨俐落，但濃厚的髮油卻使頭髮顯得相當厚重。身上穿著白襯衫與西裝褲，再仔細一瞧，白襯衫在胸口處有一條很明顯的摺痕，這條摺痕還水平延伸環繞整件襯衫，而西裝褲在左右褲管的大腿處及小腿處也各有一條圍繞整圈褲管的明顯摺痕。

儘管凌月尚在觀察細節，卻突然感受到一股注目自己的視線，而這雙眼睛似乎還懷有濃濃敵意。凌月趕緊側身尋向可能的對象，卻發現年輕上班族男子依舊不時對著手機發笑，一會兒又用右手迅速來回滑著手機，好似完全與周遭事物隔絕；女高中生靠著椅背放鬆而坐，顯得相當自適，雙手更是輕扶耳機，輕閉雙眼彷彿沉靜在自己的音樂世界，裙襬之下一對白皙的雙腿略微開著，體態顯得有些不雅，而一旁的提籃不知是否因爲電聯車行進的關係，感覺似乎微微動了一下；濃妝輕熟女右肩掛著一個粉色名牌包，依舊還是坐在女高中生斜對面的座椅，右手不停滑著粉色大手機，但不同於年輕上班族男子的愉悅心情，這名輕熟女緊盯螢幕的眼神似乎有些氣憤。

目光再掃回坐在車廂中段的那名中年男子，雙眼無神顯得精神相當不濟。在列車行進角度的改變下，中年男子左手邊的座位上，半露出一個鼓鼓的黑色公事包，先前因爲角度關係倒是沒有注意到。

凌月不明白爲何會有這股寒意，這節車廂的乘客除了看似放空的中年上班族外，似乎都只專注在自己手邊的事務，根本就沒人想要理會周遭環境，不曉得爲何會有這樣的詭譎感受。

「臭凌月，幹嘛要一直東張西望啊？」十三零問著。「表情又那麼僵硬，好像一個傻子，哈——」

「哼——」凌月不以爲然說著。「那倒是，被傻子說傻子才是天下第一悲哀的事啊！」

「你——」十三零瞪大雙眼。

「唔——」

又是一股寒意強襲而來，凌月這次早有所準備，迅速轉頭掃向整節車廂，發現女高中生有那麼一瞬間目光落在凌月身上。

儘管女高中生一下就又看向車廂上方的行李架，還是露出一副沉靜在音樂世界的陶醉臉孔，雖然無法確定那股寒意是否來自女高中生，但凌月相當清楚至少有那麼一瞬間，女高中生的目光是瞄向這裡的。

順著女高中生的目光看去，凌月發現靠近中年男子座位上頭的車廂行李架上，有一袋知名百貨公司提袋，裏頭似乎裝著什麼大盒子，整袋看起來四四方方。由於擺放位置不在中年男子正上方，而中年男子座位旁又已經有自己攜帶的公事包，看起來這袋物品可能也不像這名中年男子所有。

——難道女高中生是因爲發現這袋不明物品而心生疑慮？凌月思忖著。

確實因爲前晚才剛發生恐怖事件，任何風吹草動都會造成草木皆兵，若女高中生對於電聯車行李架上出現可疑物品而心生恐懼，似乎也不是很難理解。

「喂，死老太婆——」凌月盡可能壓低聲音說著。「妳看遠方那個年輕女孩有沒有什麼可疑之處？」

十三零朝凌月所指方向望去，車廂的左右兩側分別坐著兩名女子，一個是濃妝輕熟女，另一個則是女高中生。不用凌月再作進一步說明，十三零也明白凌月所指的年輕女孩就是那名女高中生。

「嘖——」十三零輕皺秀眉說著。「臭凌月你這色鬼，看到那女孩生得可愛又要起了什麼歹念啊？眞替那女孩擔心呢！」

「嘖，我會是那種人嗎？」凌月輕敲十三零的額頭，並語帶惱怒說著。「少給我添亂，是眞的覺得可疑，認眞看！」

十三零輕撫著剛被敲擊的額頭，儘管心有不甘，還是往女高中生的方向看了過去。這名綁著雙馬尾的女高中生輕閉雙眼，略微圓潤的臉蛋相當精緻小巧，五官更顯得秀麗可人，整體而言是個相當可愛的女孩。唯一不協調之處，大概就是身形體態過度放鬆扭曲，顯得與可愛女孩的外型有些不襯。

「咦——」十三零突然驚訝地叫著。「那女孩看向我們這邊了——」

凌月這時也發現女高中生盯著自己的銳利雙眼，不，更準確說那來勢洶洶的目光應該是瞪向自己身後的十三零。

「等等——」十三零舉起原本扒在凌月肩上的右手，並擺出劍指燃起青色光芒大聲喊著。「有異狀！那——」

「砰——轟——轟——」

就在十三零話還沒說完之際，凌月眼前突然出現一陣猛烈的白光、青光及震耳欲聾的劇烈聲響。下一瞬間卻是一股從未見過的烈焰強襲而來，並伴隨著男男女女的驚叫聲，一下子整節車廂彷彿就要陷入天旋地轉。

第三章

歷經劇烈的左搖右晃，凌月即使努力穩住身體，卻因爲晃動過於強烈，還是無法坐穩而彈離座椅，只能隨著車廂的搖動四處翻滾。

——這種搖晃的劇烈程度，看來電聯車有可能會脫離軌道。

「可惡！怎麼一回事！」

儘管整節車廂已經深陷濃煙無法視物，卻還是可以聽見十三零在耳邊叫著。

凌月好不容易在翻滾過程中抓住了車廂扶手欄杆，這下總算穩住身體不再繼續滾動。而列車經過一陣劇烈搖晃後，似乎還是重回正軌繼續前進。

過了一會兒濃霧逐漸散去，映入眼簾的盡是一片狼藉，車廂內四處可見焦黑灼痕與斑斑血跡，明顯受過爆裂物的猛烈攻擊。而凌月自己除了車廂劇烈晃動時所造成的擦、撞傷外，並沒有其他明顯傷口。原本凌月還有些意外，但不久後便發現趴附在身上的十三零，早已持續聚集靈力，在四周使出青色屏障保護凌月，使他不受爆裂物波及。

「可惡，看來車廂被炸斷了！」凌月緊皺雙眉說著。「前面的列車已經開始緊急煞車，再這樣下去，我們後面的列車恐怕撞上！十三零，快想辦法把我們後半節車廂使用靈力強行停下來啊！」

眼見前頭的車廂恐怕因爲發生不明事故，開始啓動緊急停駛，但後頭尚有一節半的車廂，因爲已與列車主體脫離，儘管失去主要動力，又與前頭列車還有一段距離，但如果前方主體列車放慢速度後，後頭繼續行進的車廂一定會撞上。顯然列車長並不知道這起爆炸意外已經造成後頭車廂斷裂分離，雖然後頭車廂中身處陽界的人士，目前僅剩凌月一人，而區間列車的速度也不是很快，但若是撞上前頭列車，還是有可能再次造成不必要的損傷。

「什麼！是指這移動房子嗎——」十三零顯得有些遲疑。

「對，快點，不然會撞上的！」凌月催促著。

十三零確認目標後，開始發動靈力，一陣青光瞬間壟罩整節車廂，並發出刺耳的摩擦聲響。後頭車廂的行進速度，在十三零的靈力拉引下急速驟降，可以明顯感受到一股極爲強大的靈氣。

等到後頭車廂在十三零的強力運勁下完全停止後，凌月這才鬆開緊握的扶手欄杆。凌月的目光掃向前方，車廂中段嚴重毀損斷裂，已經看不到中年男子及年輕上班族的身影，不過車廂內四處可見疑似破碎衣物的物體散落一地，看來這兩人恐怕已經凶多吉少。

「這到底是怎麼一回事？」十三零驚訝地問著。「這樣劇烈的火光，我實在沒有見過，看來也不似異界之火，這到底是怎麼一回事？」

凌月明白十三零因爲沒有見識過現代科技的威力，無法理解陽界爆裂物的恐怖，自然會導向來自魔界或冥界的攻擊。凌月躍下已然斷裂的半截車廂，前方軌道上則還有另外半截的殘存車廂。

不知道原本同在車廂中那名輕熟女與女高中生的情況如何？

就在凌月快要抵達前方的斷裂車廂時，那段殘餘車廂旁竟然出現一名女子的可疑身影。

——是那名女高中生。

「臭凌月——」十三零在凌月身後說著。「前面那女孩似乎看得到我——」

凌月點頭說著：「我知道，她現在可能跟妳處在同一個空間，自然可以看得到妳——」

「什麼意思？」十三零問著。

「剛才那爆炸威力驚人，恐怕同節車廂的那兩名女子也已經凶多吉少了。」

不過隨著凌月的接近，原本站在原地的女高中生突然彎身著地，彷彿著魔般以雙手撐地拱起背脊，不過下一瞬間女高中生的身影又倏地消失在斷裂車廂之後。

凌月無法確定是不是自己的錯覺，剛才怎麼會有如此詭異的畫面，但判斷那或許是女高中生的亡魂，想想也就不以為意，繼續走向眼前的斷裂車廂。

遠方已傳來救護車與警車的鳴笛聲響，凌月望向另外半截斷裂車廂內部，裏頭倒著一名女子。再仔細一看，是那名先前不斷滑著粉色大手機的輕熟女。

「咦——」凌月輕皺眉頭陷入沉思。

輕熟女身上並沒有嚴重傷勢，再加上那均勻的呼吸，看來僅是昏睡過去。一旁除了女高中生的提籃外，卻怎麼樣也找尋不到類似女高中生的遺體之物。

凌月再仔細觀察提籃，外觀完好如初，似乎完全沒有受到炸彈的攻擊。

「各位乘客有沒有怎麼樣！大家還好嗎？有沒有人需要幫忙？」

列車內部傳來由遠而近的呼喊，恐怕是原本就在列車上的鐵路公司人員，等到列車安全停下及做好緊急聯絡後，前來探視究竟發生什麼意外。不過這喊聲一下又停了下來，有可能鐵路公司人員真的遇到需要協助的乘客而停下腳步。

「糟了——」凌月突然想起什麼事而驚叫一聲。「那女高中生恐怕不是陽界人類——」

原以爲先前在外面所看到的女高中生身影，有可能是她的亡魂，因爲短暫失去陽界的記憶，見到凌月與十三零的接近才會先行閃躲，也就不以爲意。但現在發現此處並沒有女高中生的遺體，那剛才出現眼前的應當是女高中生眞身而非亡魂。受到如此巨大的爆炸衝擊，竟然還可以如此毫髮無傷，恐怕並非一般人類所能辦到的事。而前頭車廂的斷裂處，看起來和後頭經由十三零以靈力屛障所留下的整齊裂痕一樣，完全不像一般陽界中經過爆烈物摧殘所留下的不規則裂痕，彷彿另一側也有受到異界屛障遮蔽，也使前、後段車廂儘管遭受猛烈爆裂，最後卻還是能勉強重回正軌繼續安穩前進。

凌月再次回想起之前女高中生一閃而過的詭異動作，更加深她是異界人士的懷疑。

難道這兩起電聯車恐怖爆炸案件，眞的就是異界人士所爲？其目的又是什麼？

「臭凌月——」十三零輕拍凌月肩頭說著。「那邊，有兩個男人站在那裡，就是之前移動房子中的那兩人！」

凌月走出斷裂車廂外，並循著十三零所指的方向望去。確實在前方不遠處，也就是剛才爆裂發生時，凌月所在的那半截車廂附近，隱約可以看到年輕上班族及中年男子的身影，不過兩人只是面無表情呆立原地。

儘管凌月明白那應該就是那兩名男子的亡魂，不過因爲詭異的女高中生不知道跑去何處，凌月一時之間也不知道該先去保護那兩名男子亡魂，還是先去尋找女高中生的下落。

——那名女高中生絕非陽界人類，恐怕眞的是整起爆炸事件的主謀！

救護車與警車的鳴笛呼嘯愈來愈近，就在凌月決定走向兩名男子亡魂之時，突然感到背後的十三零有所動作。

「等等——」十三零迅速跳離凌月身後，並高舉右手擺出劍指，一下便從指尖燃起青色的地獄之火。「就是那女人！」

凌月轉身朝十三零所指方向看去，前方的鐵軌欄杆處，出現了女高中生的可疑身影。

女高中生目光如炬，惡狠狠瞪向凌月與十三零，沒多久就往鐵軌欄杆頂部一躍而上。這矯健的身手及俐落的動作，即便是訓練有素的體操選手，恐怕也不能輕易辦到。

在女高中生輕巧跳躍之際，身旁還不時閃過一道道白影，但這若有似無的白影，移動之迅速，也讓凌月很難確定是不是自己的錯覺。

「可惡！」凌月再次回頭望向遠方兩名男子的亡魂，又轉身盯住前方的女高中生。只見女高中生穩穩站在細長的欄杆上，完全不是陽界人類所能辦到的高難度動作。

女高中生對凌月露出一抹不懷好意的詭笑，緊接著往下一躍，一下就往鐵軌欄杆外的馬路奔去。

「快追！」

凌月見狀後，一口氣奔向欄杆，接著也是一躍而上，雖然動作無法像女高中生般輕巧俐落，卻還是抓住了欄杆頂部使力向上攀爬。

「臭凌月——」十三零回頭一望，面帶疑惑問著。「遠方那兩名亡魂不用管了嗎？」

救護車與警車的呼嘯聲已近在耳邊，凌月邊攀爬邊吃力說著：「發生那麼嚴重的爆炸事件，陽界一定會湧入一群警力與醫護人員。這裡陽氣夠重，我想著魔鬼差暫時也無法靠近——」

「是誰！給我站住！」

不待凌月解說完畢，遠方先傳來一名男子的低沉呼喊，並伴隨著劇烈搖晃的手電筒強光。

凌月沒有回頭，心想不是接到意外通知趕來協助的鐵路公司員工，就是趕到此處的鐵路警察，還是趕緊離開案發現場爲妙。凌月翻過欄杆頂部後，毫不猶豫就往欄杆外的柏油路上一躍而下。

向前不斷奔跑後，凌月這下總算看到了女高中生的身影，而這名女高中生卻只是站在原地，並對凌月露出訕笑。

——難道她是刻意停在那裡等待自己？凌月愈想愈不對勁。

凌月繼續向前拉近與女高中生的距離，女高中生依舊還是那副不爲所動的模樣，這讓凌月更覺詭異。

「十三零——」凌月一臉嚴肅問著。「妳感覺得到那個女孩身上帶有異界人士的氣息嗎？」

「呃——」十三零顯得有些遲疑。「經你這麼一說，我倒是想起來了，但我也不是很確定。不過剛剛有那麼一瞬間，確實是有感受到些許妖氣，就是在移動房子湧出大量火光的時候，但那烈火又不似妖界之火——」

「咦——」凌月有些訝異。「所以是在電聯車爆炸之時，我還以爲妳是指剛剛撞見那女孩的時候——」

——妖氣，如果眞是如此，這倒可以解釋剛才女高中生一連串匪夷所思的驚人舉動！

待到凌月快要追上女高中生時，女高中生又開始向前移動，只要凌月加快腳步，女高中生就像背後長眼般，配合加快向前移動的速度。如果凌月遇到紅綠燈停下時，女高中生還會刻意放慢速度，甚至停下來等著，彷彿這一切盡在她的掌控之中。

「十三零——」凌月轉頭向身後的十三零說著。「妳要不要先過去一探究竟，看看那女孩究竟是何方神聖？」

「我才不要——」十三零把扒在凌月肩頭上的雙手抓得更緊。「剛剛在那移動房子上，要不是我緊緊跟在凌月大爺身邊貼身保護，那個凌月大爺恐怕又要投胎轉世去了！誰知道那妖女是什麼來歷，走走停停的，根本就不知道有什麼陰謀，我才不會中計呢！」

確實剛才在電聯車爆炸之時，如果沒有十三零即時伸出援手使出靈力護衛，凌月恐怕也早已成爲這次恐怖事件的另一名亡魂。

——那女高中生究竟有何目的，彷彿就像是在引領凌月走向某處，這讓凌月更覺其中必然有什麼陰謀。

或許雙方早已察覺對方有異，但已達成不願輕易在市區中現身的共識，才會如此維持默契走走停停。

在行進之中，凌月還是可以瞥見女高中生身邊，不時出現若隱若現的幾道白影，看來先前見到的殘影似乎不單單只是自己的錯覺。

前前後後又持續走了幾十分鐘的路程，途中經過較爲熱鬧的商業區，不過因爲已是深夜時分，不少店家陸續歇息，不知不覺中，也已跟著女高中生走向人煙逐漸稀少的山區附近。

「哎呀——」在凌月身後的十三零突然開口說著。「我終於看清楚了，原來是一隻白狐狸啊！」

「什麼意思？」凌月挑眉問著。

「我說——」十三零指向前方的女高中生。「一直跟在那妖女身邊的原來是一隻白狐狸啊——」

「狐狸？」凌月原本還有些不解，但雙眼突然一亮。

——原來那道白影是隻狐狸？

「呵——」十三零見到凌月陷入沉思，不覺輕笑起來。「我說凌月大爺，原來這妖女是隻狐狸精啊，但你現在道行不夠，所以看不出來。不知道那妖女對你施了什麼迷魂陣，把你迷得神魂顛倒，才會這樣沿路尾隨！」

「哼——」凌月微微轉頭，冷冷看向十三零。

「羞——羞——羞——」十三零繼續伸手擺出鬼臉說著。「一隻毒蛇公主還不夠，還要再來一隻女狐狸精，咱們凌月大爺對妖女還眞是情有獨鍾啊——」

「死老太婆，給我認眞點——」凌月伸手敲向十三零額頭。「這女人照妳所說的很有可能是個狐妖，更可能就是整起爆炸事件的主謀！」

「哎呀——」十三零顯得頗不以爲然。「我其實沿路上都不是很懂你在說些什麼，什麼『報帳』、『報帳』的，這些麻煩事交給專管記帳的人不就好了！我只負責保護你的安危，要怎麼推論我可是一竅不通了——」

「唉——」凌月輕嘆了一口氣。

十三零因爲不知道「爆炸」的涵義，沿路上都聽成「報帳」，恐怕再多說什麼都是白搭。

「咦——」十三零突然神情嚴肅看向前方。「那妖女在山道前停下來了——」

在女高中生的引導下，凌月已不知不覺走到了山區入口，而此時女高中生更在山區入口的階梯前停下腳步。

凌月環顧四周，除了昏暗的路燈外，已不見其他人影。

就在凌月還不知道是否該繼續加快腳步之時，女高中生突然轉身看向凌月，儘管外型十分亮麗可愛，眼睛卻逐漸泛出微微白光，讓人有些不寒而慄。

轉眼間，女高中生突然俯身趴下，以雙手雙腳立地，接著拱起背脊，面目顯得十分猙獰，好似就要發動攻擊。

十三零見狀早已高舉右手擺出劍指，並燃起青色火光，凌月也伸出右掌準備喚起地獄之火。眼見妖女可能展開攻勢，十三零手中的地獄之火愈燃愈旺，四周更能感受到十三零強大的靈力波動。

原本趴地爬行的女高中生見到十三零來勢洶洶，猙獰神情突然緩和下來，接著一個轉身便往山口階梯迅速向上奔爬，爬行動作之迅速，可以很確定絕非人類所爲。

「我也看到了——」凌月邊說邊奔向山口階梯。「那女孩身上確實趴附著一隻白色的，但好像不是狐狸啊！」

「我說凌月大爺啊——」十三零瞪了凌月一眼，揮舞手中的青色火焰說著。「現在不是爭論是不是狐狸的時候，還不快追啊！」

☙ ❧

——會是被狐妖所附身的普通女高中生嗎？凌月思忖著。

這名女高中生面容姣好，外型也十分可愛，那副娃娃臉的清純模樣，確實很難讓人和妖類直接聯想。但若眞如十三零所言，是隻狐狸精的話，倒也不是不可能。

不過凌月剛才在山區入口所瞥見的白色身影，似乎不像是十三零所說的白狐狸，但確切是什麼動物，一時之間也無法看得清楚。倒是看到這隻動物騎在趴地爬行的女高中生背上，這極度詭異的畫面讓凌月始終難以理解。

「這狐狸精跑得眞快，到底躲哪兒去了？」十三零忿忿地說著。

由於女高中生速度奇快，儘管凌月已很努力在山道階梯上迅速奔跑，卻還是被遠遠拋在後頭。

經過一段時間的追趕，凌月總算到了半山腰的平台，沿路已經沒有照明路燈，四周只是一片漆黑。道路及平台以外都是茂密樹林，不時發出風吹葉動的窸窣聲。

凌月舉起右掌正要喚出地獄之火照明，沒想到十三零搶先一步燃起青色火光，照得四周一片光亮，緊接著十三零開口說著：「臭凌月，我看還是我來就好，你還是多留點靈力自保，也不知道對方是何方神聖，我可無法確定能不能顧好你呢！」

儘管十三零以地獄之火照亮了眼前的樹林，但能見度依舊有限，實在不知道女高中生會躲藏在何處，甚至有可能已經奔向更高的山頭。

「我記得妳好像說過深山有可能是妖界的領域——」凌月輕瞇雙眼說著。

「嗯——」十三零點點頭。「是這樣沒錯，不過這裡還不到深山，還是人類會到的地方，應該離妖界領域還有一大段距離吧！」

凌月望向四周，除了樹林還是樹林，究竟女高中生把他們引來這裡有何目的？

「噓，快熄火——」凌月突然伸手指示十三零，要她將手中照明的鬼火熄滅。

十三零本來還不願聽從，但看到凌月的嚴肅神情，右掌一翻便順勢將照明鬼火熄滅。

「妳仔細聽聽——」凌月壓低聲音說著。「遠方似乎有一男一女正在爭吵的聲音——」

「咦，有嗎？」十三零顯得相當疑惑。

凌月輕皺雙眉說著：「這麼晚了，又在這漆黑的半山腰，很有可能不是人類——」

「等等，凌月大爺，我看到了——」十三零小聲說著。「是那女狐狸精沒錯！」

凌月朝十三零所指方向看去，確實有那名女高中生的身影，但她身旁還有一隻白色的「狐狸」。而這隻貌似狐狸的動物，竟然是以雙腳站立，不斷揮舞著前腳「說話」，看起來就像正在和女高中生發生爭執。

「可惡，死妖女，看妳往哪跑！」十三零手攏劍指大聲喊著。

凌月還來不及阻止，十三零早已迅速飛向女高中生所在位置，並伸手燃起青色的地獄之火。由於十三零飛行速度快上許多，凌月也只能在後方苦苦追趕。

「看前面啊！」

一名男孩的叫聲從女高中生身旁傳了出來，想必就是那隻白狐狸所發出的聲音。

女高中生轉身見到十三零來勢洶洶，一下就恢復先前的四肢著地，並對十三零發出低沉的怒吼聲。

「快閃開啊！」女高中生背後的白狐狸大喊著。

「肥婆！少給我逞強！」攀在地上的女高中生極爲不悅地嘶吼著。

「死廢鐵！快讓開！」白狐狸繼續叫著。

就在女高中生與白狐狸爭執不下之時，十三零早已向前放出一道猛烈的青色火光。

原以爲十三零的地獄之火可以擊中女高中生及白狐狸，但女高中生突然向後一躍，首當其衝的，竟變成那隻以雙腳站立的白狐狸。然而那道猛烈的鬼火，卻一下就在白狐狸面前消失殆盡。

這下總算看清楚這隻白「狐狸」的身影，其實是一隻捲尾立耳的純白柴犬。

「怎麼一回事！」十三零瞪大雙眼說著。

眼看靈力攻勢無效，十三零雙手向外一拉，喚出了血紅色的索命長鐮。

「可惡！後退吧，肥婆！該我上場了！」

女高中生躍過白狐狸上方擋在前頭，緊接著一陣輕煙繚繞，原本身穿高中制服的女高中生，雖然還是那一頭雙馬尾的打扮，但身上衣著突然幻化爲白色的日本道服，下半身則是紅色的日本道裙，儼然就是日本巫女的打扮。

「什麼！是倭國妖女！」十三零輕皺眉頭說著，緊接著奮力揮舞長鐮劈向巫女。

「鏗！」

——是一聲清脆的聲響。

巫女伸出右拳，不過拳頭之上已加裝了四指堅硬無比的利爪兵刃，和十三零的長鐮強碰在一起，不但發出聲響，還激起了火光。

此時巫女已不再以四肢著地，雙眼銳利挺直站著，並伸出兩手利爪，迎戰十三零的進攻。

原本還在後頭的白狗這時也加入戰局，改以雙腳站立，並運用空出的兩隻前腳向外一拉，竟喚出一把長兵器。

「哼——」十三零睨了白狗一眼，還是繼續與巫女纏鬥。

凌月這時總算也趕到現場，眼看十三零使出近身兵器，大概可以想見靈力攻擊無效，一陣輕煙後凌月現出身穿古代漢裝的陰陽判官原形，而先前剪短的中長髮型也一下就變為髮尾束帶的長髮。

凌月伸手喚出判官筆，揮向想從一旁夾擊十三零的白狗。再仔細一看，沒想到雙腳站立的白狗，手中所使的長兵器竟是日本武士刀，讓凌月不覺有些訝異。

——一條以雙腳站立，並以右前腳使著日本武士刀的白狗？

看向正與十三零交戰的日本巫女，兩相對照下，這隻白狗會用上日本武士刀，似乎也不是什麼奇怪的事。只不過因為武士刀刀身長度與白狗身型相當，整個揮刀架式相當不協調，彷彿隨時都可能因為重心不穩而使長刀掉落。

——不過這一切都只是凌月的空想罷了！

凌月儘管已靈巧運勁，揮舞手中判官筆攻向白狗，不過白狗右前腳所握住的武士刀，卻比凌月還要迅速。這刀鋒銳利的長兵器直劈而來，好幾次凌月差點就快要被擊中，原本凌月所展開的主動攻勢，一下就反轉成為防禦守勢。

白狗前腳所握的長刀，占盡了長度上的極大優勢，讓凌月僅能勉強以判官筆順勢轉開長刀進擊。若非靠著不斷位移化解白狗猛攻，凌月恐怕早已身受重傷。

「唉——」十三零面露無奈並輕嘆了口氣。

原本與巫女激烈交戰的十三零，因為遇上棋逢對手的敵人，理應絲毫不能分心，但由於不時瞥見凌月的驚險畫面，讓十三零實在已經無法專心面對眼前的這場戰鬥。不過苦於巫女毫不留情的猛攻，十三零一時之間也無法抽身協助凌月。

眼看巫女伸出左右利爪夾擊而來，十三零的長鐮自右而左斜砍下去，沒想到巫女的左爪先是一個迴旋，便將長鐮順勢推向下方，右爪一下就接踵而至。就在快要劃到十三零身上之際，十三零一個閃身，將長鐮硬拉回來，利爪這才恰巧僅從長鐮柄上劃了過去。

退開後的十三零再次發動攻擊，雙手高舉長鐮，先是假意劈向巫女，趁著巫女以利爪防禦之際，突然將長鐮轉向前方刺擊。巫女面對突如其來的襲擊，迫不得已將雙爪拉回胸前交叉回防，這才總算擋住了十三零的強襲。

「看招！」

十三零眼見巫女落入圈套，一個使勁將長鐮用力拉回，原本巫女胸前交錯的利爪，被十三零的長鐮勾了出去，一下就破了身防。

「糟了——」巫女驚叫一聲，迅速往後大跳一步。

十三零見機不可失，轉身舉起長鐮往白狗攻了過去。

白狗原本正與凌月打得火熱，並早已占了上風，卻驚見一把血紅長鐮強襲而入，下意識往後退了過去。

這時巫女也已趕向此處準備支援白狗，不過只見十三零右手擺出劍指，一會兒便喚出一道青色屏障，這下總算把巫女及白狗隔絕在屏障之外。

巫女瞇起雙眼上下打量青色屏障，突然伸手猛力一揮，只見屏障隨著利爪摩擦，激起一道道劇烈的青色光芒，不一會兒卻又恢復原狀。巫女先是若有所思，接著看向屏障後方的凌月與十三零，不久便縮回雙手利爪說著：「好一個『靈屏』！快說吧，你們究竟有何目的，膽敢在人界作亂！」

「哼——」十三零面露不屑冷哼一聲。「大膽妖女還敢作賊喊抓賊！」

白狗搖搖頭，隨後也收刀入鞘，並開口說著：「小姑娘，我看妳是靈界之士，氣息相當純潔，更可說是難得一見強大而純正的靈力，為何要與魔物勾結作亂！衝著我們來就算了，為何還要殃及無辜！」

見到巫女與白狗暫時收起手中武器，十三零也順勢收回劍指及長鐮，眼前的青色屏障隨即崩解破裂，接著開口說著：「少來，明明移動房子中的火光帶有妖氣，到底是誰在作亂呢！」

「哼——」凌月輕笑一聲。「我想電聯車上的爆裂物與你們脫不了關係，既是妖物，為何還要用人界的爆裂物引起騷動——」

「對嘛——」十三零在一旁補了一句，並伸手指向巫女。「儘管你們再會掩飾，我剛才也有察覺到妳身上散發的妖氣呢！」

「喔——」這次換白狗開口，並指向一旁的巫女。「笑話，我——不，她這可是仙氣呢，你們不要明知故問，到底有何目的，是想要知道哪個目標的下落嗎——」

「妖氣就是妖氣，哪來的仙氣！」十三零語帶惱怒說著。

白狗沒有理會，反轉向凌月說著：「看你先前使的是判官筆，儘管你刻意隱蔽氣息，但就算再會掩飾你的魔氣，我看你和魔判官恐怕脫不了關係，是想追查『北凌月』的下落吧——」

「北凌月——」凌月雙眼微睜跟著唸了一遍。

「果然如此，休想得逞！」巫女又伸出雙手利爪準備再戰。

「大膽妖女——」十三零不甘示弱，雙手向外一拉又喚出了索命長鐮。「這位就是你口中的北凌月大人，膽敢在陰陽判官面前撒野，儘管放馬過來，再戰三百回吧！」

聽到十三零說出凌月的身分，巫女與白狗均面露驚訝之色，不過巫女一下又舉起雙爪準備戰鬥。

「等等——」

白狗與凌月異口同聲制止了身旁的夥伴，動作如此一致，也讓白狗與凌月不禁面面相覷。

凌月伸出右掌喚出了藍皮古籍的生死簿，朝向巫女與白狗移了過去，並開始左右來回翻頁，想要藉著生死簿查出他們的身分。

還不待生死簿翻頁完畢，卻看到白狗已經攀到巫女背後，並在巫女肩頭探頭說著：「沒有用的，妖和仙不是你能掌管的範圍——」

話剛說完，凌月的生死簿已停止翻動，並開始向凌月飄移，沒多久生死簿便重回凌月的右掌之中。——不過這並不是凌月的招喚，反而可以感受到是來自對方的操控。

「妖和仙——」凌月輕皺眉頭唸著。

「嗯——」白狗微微頷首，表情一下變得相當和善。「你確實就是北凌月。」

「嗯，不錯——」凌月點點頭，並看向巫女說著。「我想這位巫女應當就是西風判官吧——」

「什麼！這倭國妖女——」十三零瞪大雙眼無法置信。

「我，這，他才——」巫女顯得有些不安，眼神不時來回移動於白狗與凌月之間。

凌月淺淺一笑說著：「我剛才在遠方看到十三零使出的地獄之火，整道烈火卻在你們面前突然消失殆盡，讓我想到可能是劃出了陰陽結界，而把烈火導入了另一個空間。有能力劃出陰陽結界的人士並不多，而先前又透露慣於被追殺的事，再加上還能操控我的生死簿，確實令人聯想到銷聲匿跡已久，同時被天地六界所追殺的『西風』判官——」

「不錯——」白狗露出笑容，心情顯得相當愉悅。「凌月哥哥的觀察力還是那麼敏銳！」

「呸，還什麼凌月哥哥呢？叫得可真肉麻呢——」一旁的巫女生氣地碎念著。「魔判官還不是這個蠢蛋喚醒的，搞得我們的情況愈來愈糟——」

凌月哥哥？凌月不禁輕皺雙眉。由於經過六道輪迴的轉世，已經沒有先前的記憶，和西風究竟是什麼樣的關係，也就不得而知了。

「西風判官妳好——」凌月向巫女作了一個長揖。「我確實就是北凌月，而我身旁的則是頭號鬼吏十三零。」

「臭凌月，你眞的沒搞錯嗎？」十三零在凌月耳邊說著。「爲什麼西風會是倭國妖女？」

凌月微微偏頭小聲回應：「這並非不可能，妳似乎不知道台灣島過去也曾被妳口中的倭國統治過啊——」

「我是，呃，不——」白狗指向一旁的巫女說著。「她就是西凄風，原本是『生判官』，後來已得道成爲半仙，目前是半仙、半人、半鬼的狀態，可以自由穿梭陰、陽、仙三界。我是凄風的貼身護衛鐵平，一般凄風都會叫我『小鐵』或是『廢鐵』，因爲屬於妖族，我想剛才散發的妖氣，可能是從我這邊而出。凌月哥哥，能再見到你眞是太高興了，看來當年投入六道輪迴是正確的選擇呢！」

巫女見到白狗又熱情地喊著「凌月哥哥」，不覺皺起眉頭瞪向白狗說著：「少來，什麼『廢鐵』，而且你明明就是神族後裔，犬神的後代，何必說是妖族自貶身價！」

——神族後裔？但凌月還是有些摸不著頭緒，到底前世和凄風結下什麼樑子，可以明顯感覺到她不是很喜歡自己，反而是一旁的護衛小鐵對自己還比較熱情。

「咦，糟了——」十三零指向凄風與小鐵身後叫著。「那個樹林裡一直有人躲著！」

確實前方樹林裡有著可疑身影，或許因爲剛才雙方交戰過於激烈，以至於完全沒有察覺這個人影。

就在四「人」想要過去一探究竟，天空突然出現轟隆巨響，一股強大的波動倏地從天而降，激起一陣塵土飛揚，並震得凌月他們站不穩腳步，紛紛向一旁散去。

——等待塵霧逐漸散去，矗立眼前的卻是一個前所未見的龐然大物。

第四章

「肥婆！這下該怎麼辦，是魔界之氣——」樹林裡躲藏著四肢著地的巫女，對著一旁的白狗說著。

「好像是眞的來追殺我們的魔物！」

矗立眼前的是一隻至少有兩層樓高的巨型魔物，由於先前魔物降臨時的強大震波，巫女與白狗爲避免受到波及，已速迅退往樹林深處躲著。

「你——你——你——」白狗瞪大雙眼說著。「我忍耐很久了，不要再一直叫我肥婆，我是哪裡肥了！」

「少來，這肥臉就不說了——」巫女不再四肢著地，向後坐了下去，並以雙手摸著胸部繼續說著。「這兩塊贅肉是怎麼一回事，讓我想要施展身手都會扭扭捏捏的！」

「什麼！臉上這是嬰兒肥好不好，明明就很可愛！」白狗顯得相當氣憤。「而且你這死廢鐵，別給我做這種不雅動作！你以爲我愛這身狗毛嗎？還要這樣裸體行動，羞死人了！還以這種蠢狗模樣和凌月哥哥重逢，眞是羞死我了！」

「嘖——」巫女顯得相當不屑。「我明明就是神族後裔好不好，怎麼可能會是蠢狗！而且我才覺得妳這身衣服熱死了，幹嘛要穿衣服，身上沒多少毛還這麼熱啊！」

巫女說完作勢想要脫去上衣，讓一旁的白狗看了相當焦急。

「死廢鐵！你別鬧了！」白狗瞪大雙眼說著。「都怪你啦，騙我弄了什麼『移魂』，讓我們兩個交換身體，搞得我們靈力幾乎全部喪失——」

「哎呀——」巫女瞪大雙眼說著。「還不是因爲妳那什麼鬼『追魂』能力，可以偵測天地六界所有靈體的蹤影，弄得想找人的要找妳，不想被找到的想殺妳。要不是我教妳弄了『移魂』隱藏我們的氣息，早就不知道被多少人追殺，投過多少次胎，還不感謝我的大恩大德！」

「哪是，還不是你這廢鐵護衛功力不夠強，才搞得我們必須躲躲藏藏！」

原來西風擁有追查天地六界所有靈體的「追魂」能力，本曾是陽界最強「生」判官，後來得道成爲半仙。這項「追魂」能力本來倒還沒出現什麼困擾，偶爾會有六界人士前來請求協尋相關目標，但也僅止於此。不料凌月解放魔判官癸亥封印後，再加上魔界又暗中於靈界扶植幽冥之界，天地六界蠢蠢欲動，凄風開始不斷受到來自各界的追殺，最後終於在不堪其擾下，聽從護衛鐵平的提議，進行了『移魂』，而使兩人身體交換，藉以隱藏氣息。不過雖然得以藉此銷聲匿跡，但兩人原本強大的靈力也幾乎全數消失。

「等等，你看——」暫住在白狗身軀中的凄風指向前方說著。「我看這魔物恐怕不好對付——」

「交給北凌月他們不就得了——」巫女形體的小鐵冷冷說著。

「嗯——」凄風輕瞇雙眼。「那個小姑娘十三零或許還行，不過凌月哥哥恐怕靈力只比我們目前還強上一點。要不是我先前急中生智劃出陰陽結界，我們恐怕早就被十三零的地獄鬼火給燒得身受重傷。話說回來，還不是因爲你愚蠢的『移魂』詭計，不然剛剛根本不需要打得那麼辛苦，還有現在眼前這魔物，一定是從天地六界結界夾縫中鑽出來的低等魔物，想必根本就不是我們的對手。」

「嘖——」巫女模樣的小鐵面露嫌惡之色。「問題我們現在打不過眼前這『低等魔物』啊！我看妳還是先祈禱妳那愚蠢的『凌月哥哥』能有什麼能耐吧！」

「砰——砰——」

——地上傳來魔物移動時所發出的震動聲響。

眼前的魔物因爲身形過高，腿部以上的身體全被樹林所隱蔽，隱約之中僅能瞥見其血紅大眼及嘴邊過長的利牙。

「西凄風！是妳吧！」

低沉的魔音傳遍整片樹林。

「奇怪——」凄風舉起毛茸茸的右前腳騷著下巴說著。「這魔物果然是衝著我們來的，但他是怎麼追蹤到這裡的——」

「西凄風！是妳吧！」魔物繼續吼著。「我很確定是妳，我收到仙界的消息，剛才有人在此劃出了仙陽結界，讓仙界受到地獄之火的攻擊，除了妳還有誰能辦到！快出來受死，我好去神界領賞！」

凄風瞪大雙眼無法置信，一旁的小鐵更是直接握拳往凄風的狗頭重重捶下，並破口怒斥著：「原來就是妳這肥婆幹的好事，難怪我想不通怎麼會被追到這來！」

「哎呀，不要打你自己的身體嘛——」凄風尷尬地笑著。「我——我——還不是因爲你這狗腳狗腿那麼短，使起判官筆劃結界很礙事，又太久沒劃結界，一時心急劃錯，才劃成仙陽結界了嘛——」

「死肥婆！這下不就一堆魔物都會來了——」小鐵愈想愈氣，再往凄風狗頭捶了下去。

凄風即使挨打，這次不再回應，反倒是陷入沉思。

如此說來仙界似乎有內奸，向魔界通風報信，這才來了想要領賞的低等魔物。不過更令人驚訝的是，這次發出追殺令的似乎還是神界人士。

「可惡！你這妖怪想要幹嘛！」

前方傳來十三零的聲音，不過因爲魔物身形過大，完全看不到凌月及十三零的身影。

「喔！妳就是西凄風吧——」魔物的低沉聲響又再次圍繞整片樹林。「妳旁邊那男的是妳的護衛吧，但完全感覺不到他的靈力，怎麼會挑這種那麼弱的人當護衛，眞是太煞風景了！」

看來魔物因爲完全沒有見過凄風，只是爲了領賞而前來追殺，不過卻錯把十三零當成凄風。

「我才不是什麼西凄風！少亂認人啦！」十三零忿忿地說著。

十三零話音剛畢，已聽到索命長鐮與尖銳物體的碰撞聲，想必雙方已經開戰。

「臭凌月！你那什麼凄風判官的，躲哪去了——」十三零的語調顯得相當不悅。「爲什麼不來幫忙呢？就說她是女狐狸精你還不信，跟那毒蛇公主一個樣的！」

凌月只是不急不徐地說著：「我想他們可能也遇上什麼麻煩被纏住了——」

「臭凌月——」十三零驚叫著。「你不要只在一旁用鬼火照明，能不能幫點忙啊！」

「唉，我已經很努力了——」凌月語帶無奈說著。「竟然嫌我只是照明，我這護衛的靈力就是弱嘛，凄風大人，看來我恐怕是幫不了您了——」

「你！」十三零一時氣結，一會兒才繼續說著。「氣！死！我！啦！」

——又是一陣激烈的兵刃交擊，顯得戰況愈演愈烈。

「喔——」魔物驚訝地說著。「西凄風妳竟然還藏有一手，身法比剛才快了許多！」

凄風不知道戰況究竟如何，本來想要上前助陣，卻被小鐵伸手抱住。

「放開我啦！幹嘛！」白狗模樣的凄風想從小鐵手中掙脫，卻被緊緊抓住。

「慢慢觀戰吧——」小鐵不懷好意地說著。「我想看看『凄風』的貼身護衛『凌月哥哥』能有什麼能耐呢！」

又過了一會兒，再次傳來了凌月的聲音：「哎呀！凄風大人您的身法太快，小弟我實在看不清楚啊！」

「臭凌月、爛凌月，不幫忙就算了，還在那邊說什麼風涼話！」十三零尾音愈拉愈高。

「怎麼不懷疑我和這魔物有勾結呢？而且——」凌月訕訕地說著。「而且小弟我還眞期待凄風大人您的靈力大爆發呢！」

聽到凌月的冷嘲熱諷，凄風抬頭看了小鐵一眼，聽起來凌月與護衛十三零的感情不是很好，可能先前有著什麼樣的過節，似乎不是只有凄風與自己的護衛感情不睦，突然覺得相當欣慰。

「臭凌月！你徹底激怒老娘了！」十三零話音逐字尖銳。「老！娘！眞！的！生！氣！啦！啦！啦！」

霎時整片樹林颳起一陣強大的陰風，是十三零釋放靈力所造成的劇烈波動。

下一瞬間，凄風與小鐵眼前所見的魔物突然靜止不動，沒多久便傳來低沉的嘶吼聲，緊接著魔物周圍泛起一片青色火光，並夾帶著劇烈的地動，龐大的身軀一下就被猛烈的青色火焰所吞噬。

「這——」小鐵雙眼微睜有些無法置信。「這小姑娘靈力也太強了吧！」

凄風點頭深表贊同：「就跟你說，好在我先前有劃出仙陽結界，不然我們恐怕跟這魔物下場差不了多少吧！」

「糟了！」凄風與小鐵想到某件事異口同聲驚叫著。

凄風與小鐵話才剛說完，又傳來數個巨大聲響，前方突然彌漫一陣煙霧，擋住了所有的視線。

「妳就是西凄風吧——」這次是尖銳無比的話音。

「是妳吧，西凄風，妳死定了！」另一個沙啞的聲音說著。

「什麼——」十三零生氣地說著。「老娘才不是那倭國妖女！」

「不——」第三個沒聽過的童音說著。「即使妳再怎麼變裝假扮，這個強大的靈力不會錯的！」

「那旁邊就是妳的護衛鐵平吧！」沙啞的聲音說著。

「哼——」凌月冷哼一聲。「是又如何，不是又如何！您說是吧，凄風大人——」

「臭凌月！」十三零激動地說著。「不要繼續亂攪和！」

「不過這護衛怎麼靈力如此之弱，妖就是妖，還敢到處自稱神族後裔呢！」童音不屑地說著。

聽到童音的主人如此數落，小鐵不禁皺起眉頭。

這時煙霧已經散去，出現在眼前的是三隻形狀各異的魔物，雖然沒有先前的魔物如此巨型，青面獠牙的外型看起來也不是很好對付。

小鐵仔細打量遠方的三隻魔物後開口說著：「散發的是妖氣不是魔，看來沒有剛才的魔物那麼強——」

「嗯——」凄風微微頷首表示贊同。

「死妖怪！看招吧！」十三零再次喚出索命長鐮直接往其中一隻魔物劈去。

「哼——」聲音沙啞的魔物說著。「別以為刻意換了兵器，我們就認不出妳是西凄——」

沙啞嗓門的魔物話音未畢，竟已被十三零手起刀落直接劈倒在地。

其他兩隻魔物見狀後先是對看一眼，接著便同時攻向十三零。

面對前後夾攻，十三零有些無法施展身手，所幸一旁的凌月這時也已喚出判官筆加入戰局。

十三零極為不悅地說著：「嘖，臭凌月，別看他們比較好打才要出手——」

「哼——」凌月聽了以後很不是滋味，便停下手中的判官筆退出戰局。「凄風大人，那我就遵照大人指示不打了——」

「你——」十三零瞪大雙眼。

兩隻魔物見敵人內鬨機不可失，又同時圍攻起十三零。

「碰——碰——碰——」

就在十三零瞻前顧後之際，四周又降臨了四、五隻奇形怪狀的魔物。

「唉——」在樹林裡觀戰的小鐵深嘆了一口。「死肥婆，妳仇家也未免太多了吧！」

「死廢鐵，不要吵！」

凄風說完想要衝出去加入戰局，又被小鐵緊緊抱住。

「西凄風！」新降臨的其中一隻魔物說著。

「唔——」十三零緊皺雙眉說著。「一整晚西凄風、西凄風的，我才真的要先『氣瘋』了，真！是！煩！死！啦！」

十三零雙眼逐漸散發青色光芒。

「完了——完了——」凄風與小鐵異口同聲說著。

這次換成是小鐵再也按捺不住，反而是自己先跳出樹林說著：「小姑娘，別衝動啊！」

十三零見到巫女模樣的小鐵後，顯得更為生氣說著：「什麼！妳這倭國妖女，果然是躲在一旁袖手旁觀，氣死人了！」

舉起右掌的十三零，擺出了劍指集氣，一瞬間又是一陣狂爆的靈氣爆發，原本圍在十三零四周的六、七隻魔物瞬間被十三零發出的青色火焰所吞噬。

從樹林裡奔出的凄風，見到十三零又再次釋放強大靈力，恐怕只會引來更多魔物，但一切為時已晚，不禁大喊一聲：「糟了——」

樹林突然變得一片寂靜，只剩下風吹林動的窸窣聲響，但下一刻卻發現四周的樹林裡不知何時早已滿布魔物，各個睜開腥紅色的邪眼，惡狠狠瞪向十三零。

「不妙——」白狗模樣的凄風說著。「有較高等的魔物隱藏其中，以我們倆現在的狀態，如果那小姑娘靈力耗盡，就算和凌月哥哥他們合作恐怕也打不過——」

「可惡——」小鐵咬牙說著。

過沒多久，躲藏在樹林裡的魔物全數向前逼近，將凌月與凄風等人團團圍住。這時才發現這次奇形怪狀的魔物竟高達數十隻之多，且恐怖的模樣看起來個個都不是省油的燈。

☙ ❧

「臭凌月——」十三零神色有些驚慌，攀附到凌月身後說著。「我所剩靈力有限，恐怕——」

確實，十三零今晚已經耗費太多靈力，尤其先前又發動靈力，硬生生將行進中的後段車廂強行停了下來。眼見四周都是不好對付的魔物，凌月神情一下就變得相當嚴肅，並喚出判官筆擺好架式。

「沒關係——」凌月鎮定地說著。「既然淒風判官都已經現身，我想她和鐵平的靈力應該也不至於太弱吧！」

「呃，凌月哥哥——」淒風轉向凌月露出苦笑。「有些事我不知道該如何解釋，只是——」

「嘖——」小鐵瞪向淒風怒斥著。「死肥婆，別多嘴！」

突然，一隻魔物以迅雷不急掩耳的速度撲向凌月，但目標很明顯是凌月身後的十三零。十三零雖然靈力已經有些不足，還是擺出索命長鐮，一下就跳往凌月身前擋住魔物的攻勢。

淒風見狀後早已雙腳站立，並以右前腳喚出武士長刀，迅速跳往十三零身邊抵擋另一隻魔物的攻擊，而凌月也在一旁以判官筆協助防禦。

巫女模樣的小鐵也擺出雙拳之上的利爪兵刃，抵擋偷襲淒風身後的其他魔物。

「不行——」淒風揮舞長刀咬牙說著。「敵人太多了——」

眼見愈來愈多魔物趁勢圍上，十三零雙眼再次泛起青色光芒，沒多久右掌又是一波強大的青色鬼火，把前方魔物燒得四處逃竄。

即便如此，在十三零的鬼火散去後，後方湧入更多魔物再次接替攻擊。

面對源源不絕的魔物，十三零的鬼火威力就算強大，因爲靈力已經所剩無幾，只好再次提起長鐮護衛著不斷受到攻擊的淩月。

淩月也察覺十三零幾乎用盡靈力，開始伸出左掌喚起藍綠火焰厲聲說著：「陰陽判官淩月在此，別想撒野！」

不過就連淒風與小鐵都能明顯感到淩月的靈力不具太大威脅，在場的魔物恐怕也不難察覺。

「呸——」其中一隻魔物開口說著。「北淩月不早被魔判官打死了，冒牌貨一個——」

魔物說完又是一陣猛攻，顯然淩月的策略完全沒有效果。

又有幾隻魔物攻向淩月與十三零，所幸十三零雖然無法再以靈力展開攻勢，但仍奮力揮舞長鐮，抵擋一隻隻魔物的強力攻勢。不過因爲魔物大都以十三零爲目標，猛烈的進擊逐漸將北淩月與西淒風兩組人馬隔開，數十隻魔物也順勢分爲兩群，分別向防禦守勢的兩方進行持續攻擊。

「死廢鐵！」淒風在小鐵身旁低聲說著。「再這樣下去，淩月哥哥和小姑娘會有危險的！」

「是是是——」小鐵以極爲不屑地口吻說著。「就這麼擔心淩月哥哥會有危險，搞不好又要再次投胎是吧，但難道我們就不會有危險嗎！」

一隻身手敏捷的魔物趁勢攻入，但淒風與小鐵默契十足，一個以左右利爪擋架攻勢，另一個趁勢以長刀斬向魔物，順利將魔物擊倒在地。

「我不是這個意思，我是指——」淒風再次以長刀阻擋其他魔物的攻勢。「我是說，我們還是有辦法擊退所有的魔物吧？就是——」

小鐵不待淒風說完，率先打斷淒風說著：「死肥婆，休想，是要讓更多仇家發現我們的蹤跡嗎？嫌追殺的仇家還不夠多嗎？」

凄風搖頭說著：「都已經到這種地步，就算大家都誤以為小姑娘與淩月哥哥是我們，你覺得我們今晚的蹤跡還隱藏得住嗎？」

小鐵沉默了好一會兒，接著才咬牙說著：「可惡！」

「唉──」凄風神情顯得十分嚴肅。「現在這種危急狀況，繼續隱藏也沒用了。不要說淩月哥哥他們，就連我們如果還是這種狀態也難以脫身，快開啓『移魂』的前導吧──」

「哼──」小鐵冷哼一聲，遲疑了一會兒才又開口。「能回復的時間有限，後果自負吧！」

凄風得到小鐵的同意後，收回右前腳所握的武士長刀，並以左右前腳交錯結印，口中念念有詞。

突然，四周飄起了櫻花花瓣，轉瞬便將凄風及小鐵緊密圍住，原本攻向兩人的魔物群，不管怎麼進攻也只是被一層又一層的櫻花花瓣所阻擋。

「西凄風在這！這兩個才是西凄風！」其中一隻魔物高聲喊著。

這一喊，讓在場的數十隻魔物都注意到那濃密的櫻花雨，正是西凄風著名的象徵物。所有魔物見到此種奇景，均停下手邊攻勢，沒多久竟全都轉而攻向櫻花花瓣所圍之物。

小鐵在重重櫻花花瓣的保護下，早已收回雙手的利爪兵刃，並以左右手掌做出與凄風相同的結印，跟著凄風口中念念有詞。

眼見櫻花雨愈形濃密，魔物群卻不得其隙而入。正在懊惱之際，數以萬計的櫻花花瓣突然向外四散蹦開，從天而落的櫻花雨，將整片山野夜景裝飾得美不勝收。

就在櫻花花瓣四散後，出現一名亭亭玉立的清純少女，略帶圓潤的臉龐十分清新可人，頭上綁著雙馬尾，身穿白道服與紅道裙，正是日本巫女的服裝。雖然與先前小鐵外型無異，但此時少女姿態顯然大相逕庭，濃密睫毛下的雙眼銳利有神，腰際插著日本武士長刀，左手拇指緊扣刀鞘前端的刀鍔，而右手雖然輕扶在大腿邊，但蓄勢待發的模樣顯得架式十足。

一旁的白狗則以四肢著地，兩隻前腳所套的利爪兵刃看起來銳利無比，正拱起背脊伏在地上，小小身軀彷彿隨時都會向前彈射而出。

——凄風與小鐵完成了「移魂」，這下兩人總算重回自己所熟悉的軀體。

「這是——」凌月見到截然不同而又清新脫俗的凄風，顯得有些目瞪口呆。

「臭凌月，你又再幹嘛，看女狐狸精看傻眼啊，口水都快流出來了——」十三零不滿地說著。

有感於眼前凄風強大的靈力，原本圍在凄風附近的魔物群反倒暫時停下腳步不敢輕舉妄動。遠方仍可見到不少迅速移動的黑影，就連天空中也浮現不少邪氣逼人的血紅雙眼。

凄風先是雙眼一瞇，而後盯向前方，又遙望遠方昏暗的天空，緊接著輕閉雙眼沉澱情緒。霎時，凄風睜開泛著白光的雙眼睥睨群魔，氣勢十足喊著：「大膽魔物，擅闖陽界，殺！無！赦！」

話音剛畢，樹林間颳起一陣強大的陰風，可以想見凄風已經聚集靈氣準備發動攻擊。凄風先伸出左掌，迅速喚出一柄雕飾精美的長弓。接著右手一握，以靈力聚集成十數支閃耀白光的長條物，形狀看起來就像一支支利箭。

一個俐落無比的轉身，單膝跪地的凄風，已將十數支白光之箭搭在長弓之上，並瞄向天空。接著往後奮力一拉，十數支白光之箭聚集更多靈氣而變得更爲刺眼。下一瞬間，這十數道白光朝向天空噴射而出，原本同存一束的白光群，竟在飛行一段距離後，分別向上、下兩處四散而去。其後一道道白光更似具有生命力般，各自往不同目標追逐而去。

「嗚——嗚——」

遠方傳來此起彼落的哀嚎聲，飛在天空的魔物群，一個個被白光貫穿後應聲墜地，而更遠方的魔物也接連遭受同樣的命運。

天空依舊還飄零著先前蹦落的櫻花雨，而這轉瞬間的動作，看在其他群魔眼中根本完全無法跟上，只能眼睜睜見到遠處的魔物群突然之間全被莫名擊倒。

圍在淒風周圍的數十隻魔物，發現敵人實在太強，逐漸萌生撤退之意。但魔物群的動作還沒開始，淒風早已左掌一握收回長弓，再順勢將左掌滑向腰際長刀刀鍔牢牢扣住。

淒風死盯眼前群魔，將按在刀鍔上的拇指悄悄移動，長刀隨之推離鞘口。另將右掌壓在刀柄之上，一副隨時準備拔刀出鞘的進攻架式。

時間彷彿凝止不動，所有魔物更像被施了定身咒般完全無法動作。

淒風突然向前跨步，並以刀柄重壓眼前魔物的手中兵器，使其完全無法出招。在一個迅速回身的同時，又將刀鋒完全出鞘，以刀尖刺向身後魔物，接著轉身劈向先前受刀柄壓制的魔物。

俐落回身後，向左踏步再出一刀，一個脇腰架勢舉劍又是一刀，手起刀落已瞬間擊倒四隻強大的魔物。

見到魔物倒地不起，淒風睥睨群魔高舉長刀過頭，左手扶回腰際刀鞘，右手將長刀向下漂亮一甩，完成俐落的血振。

——這一連串的閃擊刀法，正是拔刀居合術的「四方切」。

由於淒風身法雷掣風馳，其他魔物僅能看到櫻花雨的不停飄落，根本無法捉摸淒風的閃電身影。眼看一下又是四隻魔物莫名倒地，各個見狀後早已心生恐懼想要逃竄，不過一旁的小鐵早料到這般情景，不知何時已躲到魔物群身後，開始向轉身逃離的魔物群揮舞利爪。而淒風彷彿早與小鐵套好戰術，迅速揮刀與小鐵前後夾擊。

淒風與小鐵動作俐落迅速，凌月的目光自始至終完全無法跟上，只見兩道白影來回迅速閃動，沒多久在場的所有魔物竟全都應聲倒地，只剩下一名少女與一隻白狗的身影浮現於仍在飄落的櫻花雨中。

「喂，死老太婆，妳看得清楚嗎？淒風判官和小鐵的身影——」凌月大開眼界，向身後的十三零問著。

久久沒有得到回應，凌月轉頭一看，這才發現十三零因爲先前放盡靈力，之後又爲了護衛凌月耗盡體力，早已精疲力盡趴在凌月背上睡著了。

凌月回頭看向前方，與少女四目交接，少女見狀後露出嫣然一笑。但沒多久少女與白狗周圍突然出現一陣輕煙，將兩人團團圍住，等待煙霧散去後，卻看到少女與白狗均像負傷般伏在地上不斷喘息。

「可惡——」巫女氣喘吁吁以雙手撐地說著。「時間竟然這麼短，我們的靈力不夠了——」

「死廢鐵，雖然你警告過，但這時間也太短了吧——」白狗也同樣精疲力盡說著。「不過還好順利解決，我看應該好一陣子不會再有低等魔物敢闖入陽界了——」

「可惡——」巫女心有不甘地說著。「本還想用原形和那小姑娘再戰幾回，想必可以分出勝負的！」

「什麼啊——」白狗睜大雙眼說著。「你眞是隻只知道四處逞兇鬥狠的笨狗啊！」

巫女聽完後不以爲然，只是挑眉說著：「妳現在才是那隻『笨狗』吧！」

原來凄風與小鐵雖然使了「反移魂」將身體交換回來，不過因爲「反移魂」本身極耗靈力，凄風與小鐵又同時展開許多靈力攻擊，一下就把靈力耗盡，而又回復先前的移魂狀態。

——現在小鐵又重回巫女的身體，而凄風則回到了白狗的軀體。

「呼，好累啊——」巫女模樣的小鐵又恢復先前的不雅體態，不斷拉扯胸前的衣襟說著。「怎麼那麼熱啊——」

「凄風判官——」凌月走了過來，在他的認知中，巫女模樣的小鐵才是凄風，因此作了一個長揖說著。「感謝解圍相救——」

「哎呀，好熱啊，是太久沒活動筋骨，還是移魂的後遺症啊——」小鐵根本沒把凌月當一回事，繼續拉扯衣襟搧風，雪白的胸口若隱若現，看得凌月有些不知所措。

要是十三零沒有睡著，看到這種情形大概又會出現一陣「女狐狸精」的謾罵聲。

「呃——」白狗模樣的凄風見狀後，即使已經相當疲憊，還是以雙腳站立走了過來，並硬擠笑容說著。「凌月哥哥別這麼說，是我們把你們拖下水的，本就應該讓我們來解決——」

凌月有些不解，爲何眼前這隻白狗姿態看起來還比凄風端正可人，好似人不如狗，難道這一切會是凌月的錯覺嗎？

「唔，我受不了啦，穿這什麼鳥衣服，熱死啦！」

小鐵露出一副已經忍耐到極限的痛苦表情，緊接著雙手移到道服胸前位置的綁帶上，準備解開上衣繩結。

「你，死廢鐵！」凄風瞪大雙眼驚叫著。「你想幹嘛！」

「肥婆，這衣服熱死人啦！」小鐵邊說邊扯下胸口繩結。

「啊！啊！啊！啊！啊！啊！」凄風發出一陣尖叫，突然撲上巫女小鐵的胸前緊抱不放。「你要幹嘛！丟臉死啦！」

凌月完全不知道凄風與小鐵究竟發生了什麼事，也不知道兩人究竟在爭吵什麼。但可以深深感受到異常尷尬的氛圍，因而向後退了出去，假裝沒有目睹這一切的怪異舉動。

「哈——」

經過凄風這麼及時一撲，小鐵這才發現凌月就近在眼前，先前因爲身體過熱極不舒服，倒是一時忘記還有外人在場，現下只好不斷露出扭曲的傻笑，好掩飾自己差點釀成的大錯。

退向後方的凌月，環顧遍地奇形怪狀的倒地魔物，意外發現都還有生息。看來凄風刻意手下留情，並沒有將這些魔物趕盡殺絕。

不知道什麼時候，白狗模樣的凄風已經走到凌月身旁說著：「這些魔物鑽過結界縫隙，擅闖陽界，已違反天地六界界規。雖然依法可以斬殺，但目標明顯是衝著我們而來，尚還不至於危害陽界，我想還是留給魔界去處置吧——」

凌月點點頭，看來半屬仙界的凄風還是慈悲爲懷，先前倒還誤會她是電聯車爆炸案的兇手。

看向前方，一隻隻倒地魔物外型各異，手中兵器也不盡相同。究竟凄風是做了什麼事情，會遭受到這麼多仇家同時追殺。

原本凌月想要開口詢問向來對自己較爲友善的白狗，卻在這時驚見遠方樹林中的倒地魔物群中，竟然還有一個看似人類形體的魔物。

——會是眞的人類嗎？爲什麼會在這種深夜時刻出現於此？凌月思忖著。

就在凌月還在思考之時，一隻巨型魔物突然出現在眾人面前，不過只是雙眼呆滯原地站立。

第五章

「這——」

凌月輕皺雙眉，盯著眼前的巨型魔物。

——這應該就是今晚第一隻被十三零地獄鬼火所擊斃的巨型魔物。

「我是誰？我怎麼會在這？」魔物喃喃自語著。

眾人只是抬頭望向巨型魔物，心裡都很明白，出現眼前的便是先前那魔物的亡魂。

「凌月哥哥——」白狗模樣的凄風擺出親切的笑容。「此地不宜久留，不知道那些倒地魔物什麼時候會再爬起。還有一些被小姑娘擊斃的魔物，雖然也會成爲亡魂，但魔不是你、我管轄的範圍，我們也愛莫能助。除了這隻已經出現的巨型魔物亡魂，我們殘存靈力或許還可強行帶入靈界，其他的恐怕得等『南日』判官來處理——」

「哼——」小鐵緊皺雙眉，顯得相當不屑。「算了吧，『南日』那漫不經心的傢伙，別指望了！這隻大個子我們先試著帶回去靈界再說吧！」

凄風身旁的小鐵，雖然又恢復先前的巫女模樣，不過整個體態和先前的凄風相差太遠。說完這句話後更只是別過頭去，完全不想再與凌月四目相接。

南日？想必南日判官掌管的便是靈島南部，聽起來似乎還掌管到魔的部分。凄風判官看起來對南日也頗爲不滿，究竟又是什麼樣的過節？和自己是否相關？凌月百思不得其解。

「嗯，我想請教一下——」凌月輕皺眉頭開口問著。

「好的，凌——」凄風面露笑容說著。

不待凄風說完，小鐵這時卻直接轉頭打斷說著：「肥婆，走啦，走啦，別再跟他囉嗦！我還有點靈力足夠把這大個子強行帶走，這大個子擅闖陽界自找死路並不是死於非命，應該可以通過陰陽結界。何況我們再不回去靈界避一下，誰知道還會有什麼危險——」

「呃，凌月哥哥——」凄風見到小鐵已經相當不耐，只好面有難色說著。「明晚豐原車站再見，針對案情有些疑問還想釐清——」

「快啦——」小鐵繼續催著。

「好啦，好啦——」凄風也面露不耐回應，但一下又擺出和顏悅色笑容轉向凌月說著。「凌月哥哥，你們最好也趕快離去，免得又被誤認爲是我們。而且希望你們能對今晚遇見我們有所保密，其中的苦衷以後有機會再慢慢解釋——」

「嘖，是要情話綿綿到什麼時候啦！」小鐵面露嫌惡說著。

「少囉嗦！」凄風瞪大雙眼。

凌月發現這兩人的互動及稱呼，似乎有那麼一瞬間覺得白狗才應該是凄風，而巫女則是小鐵。可是想想陰陽判官凄風又怎麼可能會是一隻白狗？但這兩人的一舉一動，只是讓人愈看愈覺疑惑。

小鐵發動靈力將尙是一頭霧水的巨型魔物亡魂牽引至身旁，而凄風更已攀爬至小鐵肩上，伸出右前腳悄悄喚出判官筆。不過因爲凄風兩人的站位背向凌月，再加上本就有意隱瞞，使兩人的背影看起來就像是巫女模樣的小鐵，正使用判官筆劃著陰陽結界。

「情話綿綿——」凌月思忖著剛才小鐵所說的那句話。

難不成自己過去和那隻白狗有著什麼樣濃厚的感情嗎？不過那隻白狗既是男性，又要如何情話綿綿？而巫女凄風對凌月態度明顯冷淡嫌惡，眞不知道先前到底有什麼過節。而凄風又時常稱呼男性白狗爲「肥婆」，白狗小鐵反而又稱呼凄風爲「廢鐵」，兩者之間稱呼上似乎時常錯亂，難不成兩者身體互爲交換？

儘管凌月思考至此，但一下便搖頭否定自己的奇怪想法。

背對凌月的巫女及白狗，此時面前出現一道陰陽結界，沒多久小鐵已用靈力將巨型魔物牽引至結界的另一頭。儘管結界縫隙有限，卻還是將巨型魔物硬生生擠入。而白狗凄風在小鐵與魔物進入結界後也跟著踏入，但又再次回望了凌月，並露出友善的微笑，不一會兒白狗的身影便消失在結界縫隙之中。

眼看結界逐漸縮小，這時卻聽到結界的另一頭傳來頭部重擊聲及巫女小鐵不滿的咒罵：「死肥婆，搞什麼，又劃錯啦！還以爲我看錯了，我們怎麼跑到仙界啦！」

「哈哈——」白狗凄風尷尬苦笑著。「眞是、眞是難得糊塗啊——」

「難得個頭啦，我怎麼那麼倒楣，當妳的護衛得一直收拾殘局！」小鐵大聲咆哮著。「天啊！帶著魔物亡魂到仙界，不怕引起大騷動嗎？還是妳想變得更出名，巴不得昭告天下我們在這嗎？」

「哎喲——」白狗凄風突然變得相當激動。「就說又記錯了嘛！幹嘛那麼兇，又不是故意的！結界劃法很複雜，哪有那麼好記，況且我是女孩子怎麼可以這樣一直亂打呢，變笨怎麼辦！」

「你、你，眞是、眞是——」小鐵咬牙說著。「一！隻！笨！狗！少給我裝什麼弱女子啦！」

「哼，我就『廢鐵』嘛，又是個自稱神族後裔的笨蛋可以了吧！而且——」

這段爭吵聲似乎還沒結束，但隨著結界縫隙消失後突然嘎然而止。

——該不會眞正的凄風是條狗？凌月仔細回想剛才兩人的爭吵內容，似乎愈來愈多線索指向凄風應該就是那條白狗，而小鐵反而是白狗的貼身護衛。

四周又恢復一片寂靜，只有陣陣涼風拂面而來，並伴隨著吹動樹葉的窸窣聲響。

凌月側頭望向趴在身上沉睡的十三零，臉上一片安詳。凌月輕輕一笑，接著轉向前方伸出右掌，並喚出硃砂毛筆，準備劃出陰陽結界重返靈界。

就在揮舞硃砂毛筆之前，凌月突然想起某件事，而又將硃砂筆收回，緩緩走向前方樹林。

凌月停在某處，眼前出現的是一個倒在地上的人形物體。再仔細一看，是一名大學生模樣的男子，確實並不像沿路所看到的昏厥魔物。

伸出右掌，凌月這次喚出的是生死簿。浮在半空的生死簿，在男子附近不停迅速來回翻頁，最後總算在其中一頁停了下來。

——蘇明煦，陽壽八十八年。

果然是陽界人類，並非魔物，只是怎麼會這種時刻出現在深山之中？凌月邊收回生死簿邊思索著。偶然抬頭望向不遠處，有一架貌似高倍數望遠鏡置放在山腰平台前緣。

——難道這名年輕男子是特意爬上山頭來觀賞夜半星空？

不過凌月這個猜測很快就產生了更大的疑問。

凌月走向平台前緣，在這個半山腰的高度可以眺望台中的夜色。

再仔細觀察這台高倍數望遠鏡的外觀，明顯經過改造，而且這台望遠鏡所瞄準的角度並不是天空，反而是都會夜景。由於已進入深夜，市區內僅剩下零星燈火明滅交錯，不過唯獨望遠鏡所對準的目標區塊，仍可看到一片密集的燈火聚在一塊，並伴隨許多紅光不停閃爍。

凌月輕瞇雙眼，大概可以猜測那些閃爍紅光會是什麼東西所發出。

「果然——」

凌月彎身將視線對準望遠鏡，映入眼簾的正是今晚發生電聯車爆炸案的案發現場。透過高倍數望遠鏡，可以清晰看到那斷成兩截的電聯車廂，還有許多身著制服的員警來回巡視，那不斷閃爍的紅光，正是警車車頂所散發的閃光。

——難道會是巧合？

凌月忽然感覺背後有物體接近，反射性迅速轉身，正是先前還倒在地上的那名年輕男子蘇明煦，這時竟向凌月緩緩走來，並開口說著：「我都看到了——」

原本凌月想要直接返回靈界，現在只因爲多逗留了一會兒，卻反被人類撞見自己身著古代漢裝的模樣，看來恐怕得想些適當理由搪塞過去。

不過見到蘇明煦眼神銳利，凌月微微轉頭瞄了後方的台中夜景，接著輕瞇雙眼反問：「目睹到今晚電聯車的爆炸案？」

「不是——」蘇明煦眼神堅定搖搖頭，接著露出了詭異的笑容。「我知道你不是人類對吧！」

凌月雙眼微睜，仔細打量眼前這名男子。

這名叫作蘇明煦的男子，留著時髦俐落的短髮，上頭還特意用髮蠟精心抓出層次明顯的立體造型，身上穿著質地相當精美的襯衫，下半身則是相當貼身的緊身牛仔褲。冷峻的大眼銳利而有神，雖然面容還算俊美，但整體面相卻帶著不懷好意的邪氣。

儘管蘇明煦在深夜見到身著古代漢裝的淩月，不但沒有任何驚懼之色，卻還上前攀談，甚至臉上更浮現詭異的笑容。這恐怕並非一般人所會有的正常反應，這種詭譎的第一印象，讓淩月不禁愈看愈感不適。

淩月緩緩走向蘇明煦，右手自然垂下擺動，不過卻已悄悄翻轉右掌喚起了藍綠色的地獄之火，而且火勢隨著步伐的邁進愈燃愈烈。

不過蘇明煦並沒有任何反應，臉上依舊還是掛著那詭異的笑容。

淩月並不是爲了防禦或進攻而喚起地獄之火，反倒是爲了測試蘇明煦的反應。見到蘇明煦沒有任何動作，便停下腳步並反手將地獄之火熄滅。

——雖然就蘇明煦的反應，似乎看不見趴在淩月身後的十三零。不過淩月爲求謹慎，再次測試蘇明煦是否擁有陰陽眼，否則理應無法看到不同空間的十三零，更別說先前的其他魔物。

——看來這名年輕男子似乎不具有陰陽眼，但果眞如此他又目睹到什麼事物，讓他懷疑淩月不是普通人類？淩月思索著。

「說吧——」淩月神情嚴肅開口問著。「蘇明煦，你倒是看到了什麼？」

見到蘇明煦始終掛著那副帶有勝利般的笑容，淩月想對蘇明煦下馬威，直接把生死簿所查到的名字說了出來，想挫挫他那令人厭惡的銳氣。

想不到蘇明煦臉上的詭笑突然消失，取而代之的，卻是略微惶恐的神情。接著雙腳一軟，竟然跪在地上，不停對凌月磕頭膜拜，好一陣子後才又開口說著：「我果然沒猜錯，您是魔對吧！終於讓我遇到了！」

原以為只是嚇嚇蘇明煦，但萬萬沒想到他會就此跪地磕頭，還覺得自己是個「魔」。面對蘇明煦突如其來的怪異舉動，倒真讓凌月一時之間有些摸不清頭緒。

ଓ ଓ

「魔，您眞的是魔！」跪在地上的蘇明煦以極為崇敬的口吻說著。

凌月絲毫不為所動，想到近年各項玄幻類小說、線上或手機遊戲非常流行，如果這名年輕男子因為過於沉迷而出現超乎常人的舉動，確實還算說得過去。不過這名男子眼神銳利，倒也不像個神智不清的人。

「說吧——」凌月順水推舟問著。「看到什麼，怎敢一口咬定本座為魔——」

「我看到了——」蘇明煦站了起來難掩興奮之情說著。「我常在深夜來到此處，不過今晚倒是在這恰巧撞見一名身穿日本巫女服裝的女子，就在前面那片空地，不斷來回跳舞，好像就在召喚什麼似的——」

凌月想起先前十三零曾經察覺到樹林有人躲著，看來恐怕就是這個蘇明煦。而因為蘇明煦沒有陰陽眼，所以看不到十三零，他所目睹的應該就是巫女與十三零戰鬥的那一幕。但因為看不到巫女所對戰的敵人，看起來就像巫女自己揮舞雙手跳來跳去，也難怪會被誤認爲是在跳舞祈禱。

——不過這麼說來，巫女凄風到底發生了什麼事？凌月因爲神格尚未覺醒，所以即便轉換爲陰陽判官原形，卻沒有轉換到「鬼」的完全型態，而呈現半人半鬼，因此還是會被陽界人類所看見。但巫女狀態的凄風，照理說應當已轉換爲鬼的型態，又怎麼會被普通人類所看見？況且最後還親眼目睹凄風，以迅雷不急掩耳的俐落身法擊退群魔，一點也不像神格尚未覺醒的狀態，怎麼又會出現像凌月現在這種空間轉換不全的情況呢？凌月百思不得其解。

蘇明煦繼續說著：「過沒多久，我就看到您被巫女召喚到這個世上。您出現不久後，原本還跳來跳去的巫女竟被您定住不動——」

凌月知道蘇明煦所描述的，應當是十三零使出青色屏障，使雙方人馬隔開停戰的那一幕。

「然後——」蘇明煦愈說愈有勁。「魔，您就使出了強大的魔氣，我一瞬間就失去意識——」

看來後頭巨型魔物登場時，所產生的震波過於強大，連凌月等人都需要使勁抵禦，更不用說普通人類蘇明煦就此昏厥。但他卻誤認這一切是凌月所爲，因而認定凌月是「魔」。

不過一般人就算撞見這種詭異的情景，或許會先懷疑是「妖」，蘇明煦爲何會一口咬定是「魔」。況且言談之間透露出非常想要見到「魔」，該不會眞的只是個沉迷於玄幻世界而神智不清的人吧？

蘇明煦興高采烈繼續說著：「等我再回復意識時，就看到您站在平台前緣眺望遠方，我想巫女應該已經被您吃了——」

看到蘇明煦如此歡欣鼓舞，卻又是陳述如此恐怖的猜測，凌月不覺皺起眉頭。

「魔——」蘇明煦雙眼一亮說著。「您一定知道我的心願，也知道我的所作所爲。怎麼樣，我可以入魔吧！把我吃了也沒關係，這樣就可以變成魔吧！」

凌月倒還沒有遇過想要入魔的人類，輕皺雙眉說著：「我不知道你做了什麼，也不想知道，但這麼晚了，我勸你早點回家休息吧——」

聽到凌月這樣述說，蘇明煦本來滿心期待的神情，一下就煙消雲散，接著開口大聲埋怨著：「什麼嘛，不知道我做了什麼，你這傢伙果然不是魔——」

這時凌月忽然感到身後有物體接近，猛然一回頭，發現兩隻魔物就緊貼在凌月身後，不過各個眼神呆滯面無表情。

「糟了——」凌月心裡暗叫不妙。

這兩隻魔物從狀態不難判斷應是亡魂，或許尚不具攻擊性，但先前白狗曾說不久後可能會有先前被擊昏的魔物逐漸甦醒，必須趕緊遠離此地。

凌月的擔憂並非杞人憂天，因為不遠處已陸續出現一雙雙泛著紅光的眼睛盯著自己。

雖然凌月可以就此劃出陰陽結界返回靈界，不過這個蘇明煦又該怎麼辦？縱然他一心想成魔，在場的魔對他這種普通人類或許根本不屑一顧，但把他丟在此處離去，是否真的不會發生任何危險？

凌月思考一會兒後，又轉身對蘇明煦說著：「蘇明煦，你跟著本座，一路上不要多話，跟著本座就是，讓你見識一下本座是不是『魔』！」

話剛說完，凌月便頭也不回轉身離去，料想蘇明煦必然跟上。

「等等我——」

蘇明煦邊喊邊奔向平台前緣，迅速將高倍數望遠鏡收拾後，便急忙跟上凌月的腳步。

看來那高倍數望遠鏡的主人果然就是蘇明煦，難道眞的只是恰巧目擊到整個電聯車爆炸案的過程？或許之後有機會可以問問看到底目睹到了什麼。

——這時前方傳來一陣陣的竊竊私語。

「哼——」

「這小子不是自稱神族後裔，現在又變成魔啦！」

「不，他不是鐵平，他是陰陽判官凌月——」

「北凌月不是早就被魔判官幹掉啦，怎麼可能是他？」

「這男的靈力很弱，不過他後面的小女孩可就恐怖，今晚殺掉我們多少同伴啊！」

「那還不趁此時替弟兄們報仇啊！」

「等等，那女的要是再弄幾道地獄之火，該怎麼辦？」

「怎麼會，我看她已經靈力耗盡趴在那男的身上動也不動的，我們快上吧！」

「要是她只是裝睡呢？」

「喂，你們想幹嘛，凄風大人手下留情，這才剛饒我們不死，還想在陽界惹是生非嗎？還不趕快溜回去魔界，搞不好魔界還沒有發現我們闖入陽界的事——」

群魔的話語至此倏然結束，凌月無法確定群魔是否就此打消攻擊念頭，也只能故作鎮定繼續往前行進。

抱著高倍數望遠鏡的蘇明煦，只是依照凌月指示默默跟在後頭，一句話也沒再多說。

十來隻凶神惡煞的魔物浮現眼前，站在山路階梯的兩旁，惡狠狠瞪向凌月。更明確地說，應該是瞪向凌月背後的十三零。

凌月看也不看魔物一眼，只是神情自若從一隻隻魔物身旁擦身而過，而右手早已隨時準備喚出硃砂筆。

跟在後頭的蘇明煦只是滿臉期待，殊不知此刻山道兩旁，早已滿佈他一心期盼的魔物群。

為了保護一個疑似精神異常的人類，而賭上凌月與十三零的安危是否值得？儘管凌月心中存疑，但已做了一半，也不好中道而廢，因為不久後可能會有更多之前被擊昏的魔物一一甦醒，只能繼續再賭下去。

如果有任何魔物發動攻擊，為了保護十三零，凌月便會以最快速度劃出陰陽結界離去。只要過了結界，這些魔物也就無法繼續囂張下去。

眼見凌月身旁的魔物似乎有了動靜，但一下又被另一隻魔物所阻止：「別瘋了，不管他是不是真的北凄月，至少我們能確定他是西凄風的同夥，這樣攻擊下去恐怕不是好事——」

「那後面的人類——」

「別亂動，我們只是來追殺西凄風，那螻蟻之輩對我們沒有任何意義，根本碰都不想碰啊！」

「既然如此，西凄風都不在了，我們還在這做什麼？」

這段魔物群的對話才剛結束，已經可以瞥見幾隻魔物振翅高飛揚長而去。

不過凌月並沒有理會一旁的變化，只是繼續自顧自地走著，而蘇明煦還是緊緊跟在後頭。

再走了一段路程後，漸漸接近登山入口，四周已經完全見不到任何魔物的身影。看來真的是凌月多心，那些魔物群的目標，很顯然就是天地六界所共同追殺的凄風，對其他人類或是靈界人士並沒有什麼興趣，所以蘇明煦根本就沒有什麼危險。

凌月輕嘆了一口氣，看來眞的是與蘇明煦瞎耗一段了無意義的時間。不過心念一轉，或許魔物群也可能是礙於淒風靈力與身手過於強大，而凌月又是淒風的同夥，才不敢輕舉妄動，這樣也算間接保護到了蘇明煦。

沒多久凌月停下腳步，原本想轉頭對蘇明煦問上幾句，卻看到山腳下出現一團黑霧。黑霧之中有幾個若隱若現的人影，看起來就像魔判官癸亥那十二名著魔鬼差。

「喂——」蘇明煦以極爲不耐的口吻說著。「我說你是要賣關子到什麼時候，到底要給我看些什麼？我沿路走著，想想眞的可能被你騙了，你根本就不是什麼『魔』嘛！」

凌月看到遠方可能就是著魔鬼差，而趴附在身後的十三零已經完全精疲力盡，光靠凌月目前的身段，根本不是任何一個著魔鬼差的對手。況且之前交手經驗，這些著魔鬼差都是群體行動，要是一次十二隻著魔鬼差直撲而來，凌月也只有挨打的份。更何況若是魔判官癸亥緊跟在後，凌月可是絲毫沒有任何勝算，現在最要緊的就是，趕緊返回靈界讓十三零好好歇息。

「喂——」蘇明煦瞪大雙眼顯得相當不滿，同時還伸手抓住凌月的肩膀猛搖。「愛玩cosplay變裝癖的，耍人也該有個限度吧——」

凌月只是回頭瞪了蘇明煦一眼，蘇明煦雖然看不見十三零，卻因爲觸碰到她，讓蘇明煦產生凌月肩膀異常冰冷的錯覺。而以右手爲起始點，一股徹骨寒氣一下就強行擴散至全身上下，讓蘇明煦再也忍受不住，下意識將右手迅速抽回。

魔判官那十二名著魔鬼差的目標一直都是凌月，就算蘇明煦之後遇到著魔鬼差，因爲是陽界人類也不會有什麼影響。不想再和這個精神有些異常的人瞎混下去，此時凌月已伸出右掌喚出了硃砂毛筆，接著在半空中揮舞起來，不一會兒陰陽結界便浮現在凌月面前。

劃完陰陽結界後，凌月這才轉頭以極為冷峻的眼神說著：「蘇明煦，我是不是魔並不重要，你連化妖的資格都沒有，更別妄想入魔！魔對你完全沒有興趣，不要再自以為是了！」

凌月說完便轉身往陰陽結界走去，原本蘇明煦還想再對凌月咒罵故弄玄虛之類的話語，但看到凌月突然從面前消失，又有之前寒氣逼人的詭異體驗，活像是個撞鬼經驗，整個人只是目瞪口呆無法言語。

第六章

「臭凌月，今天幹嘛又要來同一個地方啊！」十三零趴在凌月身後碎念著。

凌月沒有理會，只是藉由微弱的路燈繼續閱讀手中的報紙。

——又是一個即將入夜的傍晚時分，凌月再次回到昨天來過的豐原車站附近，並特地挑了一個人煙較爲稀少的角落倚牆站立。

會再次來到豐原車站，是因爲昨晚白狗邀約想要釐清案情，凌月也有相當多疑點想與凄風討論。

爲避免過於顯眼，凌月又將昨晚回復陰陽判官原形所變長的頭髮，再次修剪爲較不醒目的髮型。

「什麼，你的頭髮怎麼又——」十三零抓起凌月的頭髮說著。「這麼不愛惜身體髮膚，要不乾脆剃度出家算了——」

凌月依舊沒有回應，只是輕輕撥掉十三零的小手，接著輕掩手中報紙陷入沉思。

今天各大報及各電視台的頭條新聞，均是昨晚那件駭人聽聞的電聯車爆炸案。這次報導的篇幅更大，不僅因爲是第二起爆炸案，更因爲昨晚的案情留下更多匪夷所思的疑點，讓各大媒體窮追不捨。

昨晚的爆炸案，爆裂物威力更爲驚人，將電聯車車廂硬生生炸成兩截，不過爆炸威力如此強大，斷裂車廂的兩側竟然均完好如初。這詭異的爆炸範圍不僅只限於車廂中央，到了車廂兩側時，影響範圍更被直接隔離。這怪異現象也使整列電聯車，儘管受到爆裂物猛烈波及而斷裂，分離後的前後兩段列車，卻還是安然無恙繼續行駛，彷彿就像整台列車被外力直接被從中切斷。

而後段行進車廂爲何能在撞上前段煞車停駛列車前，自主煞車停住，避免撞上前頭列車，這也是相當令人費解的謎團。此外，斷裂後的車廂底端，竟有一名女子絲毫沒被爆炸波及，僅是受到驚嚇昏厥，這也是相當難以解釋的怪異現象。

面對如此眾多奇蹟似的難解結果，許多電視節目找來武器專家也討論不出所以然來，紛紛將矛頭指向國外先進武器。還有更誇張的來賓，更直接推測可能是外星人科技所爲。

凌月當然很清楚，這一切是因爲車廂兩頭分別有十三零及凄風，在爆裂物爆炸的那一瞬間，已築起防護屏障所出現的結果，自然也讓陽界人類無法理解。更有甚者，當初女高中生提在身邊裝著白狗的提籃，因爲完好如初，事後查證並非輕熟女所有之物，也瞬間成爲各個談話節目極力討論的疑點。

依據輕熟女甦醒後所提供的證詞，當時同車有兩名上班族模樣的男性，還有一名女高中生，印象中更遠的另一頭似乎還有一名年輕男子。由於爆炸威力過強，支離破碎的遺物尚在驗證確認，截至目前爲止並沒有類似女性的遺體，也讓女高中生的行蹤成謎。

警方透過媒體協尋這名女高中生，希望家中如果有昨晚才失蹤且就讀高中的孩子，盡快與警方聯絡，不過到目前也都還沒有接獲任何失蹤人口的通報。

另外在昨晚的案發地點，趕到現場的鐵路公司站務人員，曾發現一名可疑人士的身影。不過由於距離較遠，僅看到那名可疑人士迅速攀過鐵欄杆，之後便不見蹤影，實在也無法確定是男是女，成爲整個案件的重大疑點之一。

凌月知道這名站務人員所指的可疑人士就是自己，但因爲爆裂物明顯來自電聯車內部，並非受到外部攻擊，這名可疑人士並沒有成爲太多媒體的討論焦點，甚至有些名嘴認爲可能是站務人員過於驚恐所出現的幻覺。

在昨晚第二起爆炸案發生後，警方也才首次公布了第一起命案的男性死者許建廷，其職業是警察。原以爲第一起爆炸案有可能是針對這名警察所展開的復仇行動，怕在還未釐清前就草草透露，可能會造成不良效應，才尚未公佈這項訊息。原想靜待後續調查結果再作決定，沒想到昨晚再次發生類似案件，爲求能盡速破案以防再有憾事，警方將第一起案子的若干調查結果一併公佈，希望能獲得知情民眾提供更多相關線索。

不過第一起爆炸案另一具疑似男性的遺體，至今仍是身分不明。原本在案發後各大談話性節目中，不時有來賓猜測這具身分不明的男性，恐怕就是爆炸事件的主謀。但在昨晚第二起爆炸案發生後，便再也沒有人談起這種推論的可能性。

凌月仔細回想昨晚在電聯車爆炸時的情景，爆裂物很明顯是被放置在電聯車中段，極有可能就是爆炸案發生前，凌月在座位上方行李架所看到的那袋不明物品。那麼究竟是兇手事前放置，還是兇手就是年輕上班族男子或中年男子？年輕男子的手提包或中年男子的公事包當然都有可能放置炸彈，不過連續兩起爆炸案是同一名兇手所爲的可能性極高。兇手讓自己身陷死亡危機，似乎較難讓人信服，比較有可能是透過某種方式讓自己得以全身而退。

豐原車站因爲昨晚的爆炸事件，今天出現更多員警來回巡視。看著員警的身影，凌月突然想起某件事而轉頭對十三零說著：「老太婆，妳還記得昨天那名警察的面孔嗎？」

「啊——」十三零見到凌月總算願意搭理，先是雙眼微睜，但一下就露出了疑惑的神情。「就是你說過，昨晚在移動房子移動前遇到的那名官差嗎？」

凌月微微頷首，十三零遲疑了好一會兒才又開口：「嗯，我不記得長什麼樣了——」

「唉——」凌月輕嘆一口氣。「妳還記得有這件事我就該深感欣慰了——」

「呵——」十三零嫣然一笑，顯得相當開心。「凌月大爺，還真難得，你竟然會讚美我呢！」

「唉，算了——」凌月看到十三零似乎有所誤解，再次嘆了口氣。「妳過去看看有沒有那名員警的亡魂，如果昨晚沒被著魔鬼差截擊，應當還在這附近遊蕩才是——」

十三零並沒有聽從指示馬上動作，表情反而有些遲疑，凌月見狀後再次開口說著：「我沒問題，這裡陽氣重，還不至於會有魔物或著魔鬼差闖來，放心去尋找吧！」

「臭凌月，我警告你——」十三零輕皺秀眉說著。「我昨晚靈力幾乎耗盡，雖然經過一日歇息，靈力可是還沒完全恢復，今晚可別再亂來了！」

凌月搖搖頭：「老太婆，這妳大可放心，等一會兒要是淒風判官來了，淒風判官靈力身手俱佳，那更不用怕了。」

「什麼！」十三零瞪大雙眼說著。「原來今晚來這是要跟倭國妖女幽會。哼，狐狸精就狐狸精，你只想支開我。況且那妖女和白狐狸我又不是沒有交手過，哪有多強啊，還真是情人眼裡出西施呢！」

十三零因為昨晚靈力耗盡陷入深眠，並沒有目睹到淒風與小鐵短暫「反移魂」後，回復原先身手的那段畫面。印象僅停留在先前交手的記憶，所以並不覺得淒風與小鐵會有多強大的身手。

「去去去——」凌月輕皺眉頭說著。「隨便妳怎麼想，去幫我找出那名警察的亡魂，對釐清案情應該會有不少幫助，快去吧！」

「那你爲什麼不跟我進去這大房子裡親自查看呢？」十三零不以爲然地問著。

——十三零所指的大房子便是豐原車站。

「這妳不懂啦！我現在進去豐原車站四處徘徊，很有可能會被當作可疑人士盤查，總之不想節外生枝——」

「我說凌月大爺，做事如果光明磊落坦蕩蕩，幹嘛要怕官差來查，難不成你眞的是個被通緝的採花賊！」

「嘖——」凌月眼睛瞄向斜上方，擺出一副快要受不了的神情說著。「快去！快去！我身不由己，身爲我的頭號鬼吏，怎可跟判官如此討價還價不聽指令呢！要當我採花賊也可以，妳高興就好，快去協助查案啊！」

「哼，臭凌月，你只會利用我——」十三零拗不過凌月一再要求，只是冷哼一聲，便頭也不回轉身飄向前方，沒多久便在凌月視線中消逝。

凌月環顧四周，由於特意選在人影罕見的角落站著，並沒有看到多少人經過，等著等著不覺有些懷疑凄風是否眞會現身。昨晚白狗只說晚上約在豐原車站見面，倒是沒有約定確切的時間和地點。

突然，在不遠處另一個更爲陰暗的角落，有一名身著制服的員警看向凌月這裡。再仔細一看，應該就是昨晚一開始遇見的那名員警鬼魂。

凌月隨意收起手邊報紙，一下便往員警鬼魂那頭移動。

不過這名員警見到凌月逐漸靠近，臉上反而露出了慌張的神色。

等到凌月快要接近時，這名員警突然轉身拔腿就跑。

凌月跟著追了過去，並開口喊了一聲：「許建廷！」

員警聽到呼喊後，這才停下腳步，並一臉茫然轉過身來。

「許建廷——」員警緊皺雙眉反覆唸著。

見到員警站在面前，凌月這才伸出右掌喚出了生死簿，浮在半空的生死簿開始在員警面前左右來回翻頁查了起來。

等到生死簿停下後，頁面出現的是「許建廷」，陽壽七十五歲。

——以這樣的陽壽來說，現在年紀輕輕就成了亡魂，確實是死於非命。

「許建廷，你的名字是許建廷。」凌月對一臉疑惑的許建廷說著。

原本還眉頭深鎖的許建廷，聽完凌月解說後，突然茅塞頓開般鬆開了緊皺的雙眉說著：「哎呀，怪不得我覺得這三個字好熟悉。不過奇怪，我連自己的名字都忘了，到底是遇到什麼意外讓記憶喪失了——」

許建廷看著凌月，接著露出微笑繼續說著：「你倒是這幾天唯一沒有忽視我存在的人啊！我還眞不知道得罪那些警察同事什麼了，每個人都把我當空氣一樣，如果你剛才沒叫我，我還眞的會以爲我是身處夢境之中呢。其實我記得我昨天就有發現你看得到我，你同行的還有一個穿著怪異的小妹妹。既然你知道我的名字，怎麼樣？你是不是我的朋友呢？快告訴我出了什麼意外，才導致我記憶喪失了！」

凌月遲疑了一會兒，接著輕輕搖頭說著：「你已經死了——」

「什麼！」許建廷瞪大雙眼無法置信。「這怎麼可能！」

「死肥婆，妳不是要去會見妳那『凌月哥哥』呢，怎麼會跑來這裡？」女高中生模樣的小鐵說著。

「廢鐵，別吵，我在查案子啊！」白狗模樣的淒風說著。

「這裡有什麼好查的啊？」小鐵環顧四周說著。

——淒風與小鐵正在昨晚電聯車爆炸案鐵軌欄杆之外的道路上徘徊著。

「嗯——」淒風以雙腳站立，並伸出右前腳輕托下巴說著。「我想在這附近看看，會不會遇見昨晚案件的亡魂，如果沒被魔判官癸亥的著魔鬼差截擊走的話——」

「很難吧——」小鐵聳肩說著。「而且爲什麼不靠近一點，這樣不是更有機會遇見？」

「不行，當然不行——」淒風神情嚴肅說著。「現在闖進昨晚的案發現場，不被巡邏的警察當作可疑人士逮捕才怪！」

「可是妳現在這身模樣，誰會懷疑妳是兇手？」小鐵反問著。

「對耶——」淒風左右前腳合掌輕拍。「倒是沒想到這身臭狗毛還有這一丁點的好處！」

淒風抬頭看著高聳的欄杆，又抬頭看向女高中生模樣的小鐵說著：「不過，我需要幫忙——」

「什麼！」小鐵輕佻雙眉說著。「妳也太懶了吧，這種高度我那矯健的身體怎麼可能跳不過，根本輕而易舉吧！」

「那是因爲你『狗急跳牆』吧，我又不是眞的狗，怎麼可能會跳牆！」

「嘖，胡扯，明明妳現在就是一隻狗，怎麼不會跳牆呢！」

見到小鐵死都不願意幫忙的樣子，凄風乾脆自己先嘗試跳了起來。不過由於是個相當不熟悉的身體，礙於白狗身軀短手短腳，凄風也只能跳出一定的高度。但這高度根本不及欄杆頂部的一半，更別說是越過了。

「哈——」小鐵搗嘴笑著。「妳看看妳！」

「死廢鐵，別只會笑了，快抱我過牆！」凄風兩隻前腳叉在腰際說著，接著抬起右後腳往小鐵踢去，但這點攻勢對小鐵而言根本不痛不癢。

「嘖，眞是個懶鬼，連跳都不會好好跳——」小鐵刻意數落幾句後，這才將凄風抱了起來，並高舉到欄杆邊緣，不過卻突然停下動作說著。「不過，抱妳過去後，妳要怎麼回來？」

「嘖，別忘了我是陰陽判官，我還是可以劃出陰陽結界的——」

「可是，妳如果又劃錯跑到仙界怎麼辦？昨晚帶魔物亡魂到仙界引起多大的騷動，仙界差點就要開戰，今天還敢再亂搞嗎？」

「啊——」凄風突然想起某件事而雙眼微睜說著。「不行，晚點還要去找凌月哥哥赴約，不能就這樣返回靈界，這倒是——」

「嗯——」小鐵輕閉雙眼，不一會兒又睜開眼睛說著。「不如我就在欄杆外頭等著，等妳查夠了就發出狗叫聲，我這就馬上翻牆過去抱妳出來，這樣應該就不會被人類誤會是什麼犯案的兇手了！」

「什麼！你要我學狗叫！」凄風瞪大雙眼說著。

「汪！汪！汪！」女高中生模樣的小鐵突然發出突兀的三聲狗叫。「這有很難嗎？」

凄風看著自己女高中生模樣的可愛臉蛋，竟被小鐵惡搞發出狗吠，不覺又好氣又好笑，百般無奈下也僅能點頭接受小鐵的奇怪建議。

儘管得到首肯，小鐵還是有些遲疑，不覺將凄風懸在半空說著：「這樣眞的妥當嗎？要是遇到追殺我們的魔物怎麼辦？」

「還不快放手——」凄風見到小鐵猶豫不決，有些不耐催促著。「放心吧，快讓我越過這道高聳的欄杆啊！」

聽到凄風的請求後，小鐵突然放開雙手，就這樣讓凄風在毫無心理準備的情況下，倏地掉落在欄杆的另一端。撞擊地上的痛楚，讓凄風不禁發出一陣哀號：「痛——痛——痛啊！死廢鐵，你幹嘛突然放手！」

小鐵倚著欄杆微微苦笑著：「是——是——妳自己這麼要求的啊，我又沒做錯什麼事——」

「可惡！可惡！」凄風心有不甘地說著。「反正摔的是你的身體——」

「但痛的是妳啊——」欄杆外的小鐵面帶詭笑補了一句。

凄風只是回瞪小鐵一眼，便轉身前往案發現場，那個昨晚已經斷成兩截的電聯車車廂。

走了一小段路後，凄風回頭看向欄杆，卻發現欄杆外的小鐵打起大呵欠。這個慵懶的動作完成後，竟又伸起懶腰，接著就像隻小狗般轉圈倒地，蜷縮在地上臥睡起來。

凄風瞪大雙眼看著小鐵這一連串的動作，要是被人發現一個女高中生這樣在路邊倒地睡覺，還可眞是成何體統。

即便撞見小鐵這般惡搞自己的身體，凄風也莫可奈何。爲了搜尋案件線索，也只能裝作沒有看見，繼續往斷裂車廂的方向前進。

遠方的兩截車廂雖然已經搬離鐵軌，但還是如昨晚一般靜靜置放在案發現場附近空地，四周更是多了黃色的封鎖線層層圍繞。但封鎖線的高度，對白狗模樣的凄風來說，根本沒有任何阻礙。

凄風回憶昨晚的情景，車廂的前半段是因爲凄風與小鐵共同使用靈力築成屛障，遏止了爆裂物的爆炸範圍，另一頭則是凌月他們的傑作，這才使整個爆炸範圍侷限於車廂中段。不知道是否因爲這樣的緣故，範圍的極度限縮使爆炸威力有所加成，讓車廂因此斷成兩截。但也有可能是第二起爆炸案的炸彈，本身威力就比第一起的還要強大。

昨晚透過提籃的縫隙，凄風也觀察到車廂中央分別站著一名年輕上班族男子及坐著一名也是貌似上班族的中年男子。從爆炸威力推測，這兩人恐怕當場就已經凶多吉少，也是凄風此行所想尋找的兩名亡魂。

凄風繼續接近斷裂車廂，突然傳來兩名男子的交談聲。

「你到底是誰？幹嘛一直站在這呢？」其中一名男子說著。

「那你又是誰？爲什麼也要站在這呢？」另一名男子回應著。

——這段短暫的對話就這樣結束。

等到凄風循著源頭繼續前進，終於看到聲音的主人，是兩名呆立原地的男子。其中一名是年輕上班族的打扮，另一名則是中年男子。

凄風知道這兩名男子便是昨晚在電聯車上所看過的兩人。

「你到底是誰？幹嘛一直站在這呢？」

「那你又是誰？爲什麼也要站在這呢？」

無視於淒風的接近，兩名男子又是一段語意重複的對白，然而短暫交談結束後，兩人又是一陣沉默。

淒風伸出右掌喚出了生死簿，分別查出年輕男子是黃宏興，陽壽七十三年；而中年男子則是李宇龍，陽壽六十八年，兩人明顯皆死於非命。

「兩位——」淒風對著眼前兩名男子說著。「聽我說——」

「啊——」年輕男子瞪大雙眼無法置信。「活見鬼啊，狗會用雙腳站立，還會說人話！」

「喔——」中年男子沒有太大的表情變化，僅是發出一聲「喔」。

「呃——」淒風顯得有些尷尬，其實活見「鬼」的應該是她才對。

年輕男子繼續問著：「你是誰？你怎麼會在這呢？又怎麼會說人話呢？」

「你是黃宏興——」淒風對著年輕男子黃宏興說完，又朝向中年男子李宇龍轉了過去。「你是李宇龍——」

黃宏興聽了以後雙眼瞪得更大，隨即驚叫著：「對啊，我是黃宏興！但你這隻狗又怎麼會知道我叫黃宏興？我在作夢嗎？」

「呃——」淒風停頓了一會兒才又開口。「兩位請聽我說，不要被嚇到，我是陰陽判官——」

淒風想了一下又覺得有些不妥，便改口繼續說著：「我是陰陽判官的助手鐵平，很不幸兩位都已經往生了——」

中年男子李宇龍聽了以後完全沒有反應，反倒是黃宏興嗤笑了一聲。

「黃先生，我知道你很難相信，但你們兩人昨晚遇到了電聯車爆炸案，不幸喪生了——」

「電聯車——」黃宏興與李宇龍兩人異口同聲呢喃著，唸著唸著都緊皺眉頭陷入沉思。

「呼——」不一會兒李宇龍像是鬆了一口氣般露出苦笑。「死了也好，死了也好，好像本來就沒什麼好掛念啊——」

黃宏興見到李宇龍的反應，瞪大雙眼說著：「什麼，少胡扯了，我什麼都想不起來啊！什麼電聯車、什麼爆炸案的，我怎麼可能一點印象也沒有？」

李宇龍輕輕搖頭，只是繼續苦笑著：「唉，管他什麼電聯車的、爆炸案的，反正這隻狗都說我們死了，那就是死了。現實中狗既不會站立，也不會說話，一直感覺昏昏沉沉的，想不到是死了，只是從沒想過死神的寵物是一條狗啊！」

黃宏興見到李宇龍無論究竟是生是死，好像都是一副毫不在乎的模樣，又聽到他所說的話語也不無道理，恍如夢境的不踏實感，讓黃宏興也開始懷疑自己已經死了。

「兩位——」凄風輕閉雙眼，不一會兒才又睜開雙眼說著。「再聽我一言，因爲剛死掉變成鬼，陽界的記憶暫時消失，要往後才能慢慢恢復。不過因爲在陽界遊蕩很危險，還是先跟我們走，等到了結心願後，再帶你們進入靈界吧！」

「喔——」李宇龍心平氣和說著。「我倒是應該沒什麼特別掛念，你是黃泉引路犬吧，那就帶我去該去的地方，是所謂的陰間囉——」

黃宏興輕皺眉頭說著：「爲什麼？你這人倒是很奇怪，怎麼可能都沒有掛念，還是有什麼心願未結，我們就這樣莫名其妙死了，都不會想知道發生了什麼事嗎？」

李宇龍依舊不急不徐說著：「黃先生，我就是沒什麼掛念啊——」

凄風見到李宇龍的言行舉止，倒也有些訝異，實在眞的很不像一般死於非命的亡魂。

黃宏興這時情緒顯得有些不穩，輕皺雙眉說著：「見鬼了，你這人眞的好奇怪！你實在是——」

「等等——」凄風見到黃宏興愈說愈激動，趕緊打圓場說著。「兩位還是先隨我走吧！我等會兒帶兩位去見另一位判官，或許更能釐清昨晚爆炸案的案情。」

「黃泉引路犬，我們走吧！」李宇龍絲毫沒有一點猶豫，就往凄風靠了過去。

「什麼，你這老頭是有什麼病啊——」黃宏興站在原地不動，顯得相當不以爲然。「這隻狗說什麼你就信什麼，一點都不會懷疑嗎？搞不好這是什麼整人節目啊！」

突然一個可疑身影從遠方迅速靠近，並傳來尖銳的聲音喊著：「呸！叫你跟著走，還給我囉嗦什麼！」

凄風回頭看向聲音來源，不禁瞪大雙眼，差點就要驚叫出來。

第七章

「你想幹嘛！」十三零從遠方飄了過來，雙手向外一拉喚出了血紅色的索命長鐮。

「我——」許建廷回頭看見有個身著古裝小女孩，手持長鐮從遠方迅速接近，不禁有些看傻了眼。

「十三零，這是昨晚在電聯車上看到的警察亡魂——」凌月高舉右掌示意制止十三零的莽撞舉動。

「唉呦，早說嘛——」十三零說著說著神情漸漸緩和下來，雙手順勢一轉又將長鐮收了回去。「找來找去原來官差就在這裡，我還以爲凌月大爺你犯了什麼見不得人的事，就要被官差帶走。我因爲職責所在迫於無奈，只好來劫囚呢！」

「死老太婆，妳在胡說什麼——」凌月走到十三零身旁咬牙低語。

因爲十三零對眼前亡魂相當好奇，這次總算換成自己對凌月毫不理會，反倒一直在許建廷身邊左右飄移打量著。

許建廷面容清秀，身高大約接近一百八十公分，看起來只有二十來歲。身穿警察制服，和昨晚所看到的一模一樣，只是這次臉上不再是那副嚴肅的面孔，反倒多了許多生動的表情變化。

「這位小妹妹——」許建廷顯得有些遲疑。「剛剛看到妳手持長鐮刀，難道、難道妳是死神！」

「嗯——」十三零難掩興奮點點頭。「不錯、不錯，這麼說也可以，算你識相！」

凌月看著十三零滿意的笑臉，不禁瞇起雙眼說著：「許建廷，別誤會，這位百年老女鬼是我的鬼吏十三零。別看她一副娃娃臉看似可愛，其實是很殘暴的恐怖女鬼，往後還請小心爲妙，而且——」

還不待凌月繼續說完，十三零搶先開口說著：「而這位若不禁風的男子就是陰陽判官凌月，但因爲功力有限，判官大人有很多事物都需要由我這『殘暴』的弱女子來保護，還請多擔待呢！」

十三零不甘示弱搶先回應，許建廷眼見這兩人大眼瞪小眼，完全不敢多說什麼。

不一會兒，凌月神情嚴肅向許建廷說著：「許建廷，很不幸你在三天前的電聯車爆炸案過世了——」

「唉——」許建廷輕嘆了一口氣。

今晚已經不是第一次聽見凌月這麼說著，再加上又看得見百年女鬼十三零，更讓許建廷逐漸相信自己已經往生的事實。

「呃——」許建廷看向凌月說著。「該麼稱呼呢？就叫判官大人吧。我如果眞的已經死了，爲什麼我會對發生什麼事情一點印象也沒有，好像只是一直漫無目的在這附近遊蕩？」

凌月微微頷首，不一會兒才又開口：「因爲三天前發生爆炸事件，你受到波及變成了鬼。鬼的記性本身就不太好，再加上靈魂初次轉換到鬼的空間，更會讓記憶短暫喪失，需要有適當的提示才能慢慢恢復記憶，好還原當晚發生的事情。」

「我——」許建廷欲言又止，過了一會兒才開口說著。「我記得我是一名警察，我怎麼會捲入這個電聯車爆炸案？是針對警察的犯案嗎？我不過是個派出所的小員警，又怎麼會遇到這種事——」

「這——」凌月眼神堅定說著。「這可能得請你回想一下，三天前發生爆炸案時，同車廂還有其他兩名受害者，分別為一男一女，未必是針對你的犯案，但看起來更像隨機殺人——」

「嗯——」許建廷聽了凌月的提示，陷入一陣沉思，過了一會兒突然驚叫一聲。「啊，我想起來了，前幾天在我開始進入昏昏沉沉的遊蕩狀態後，我記得深夜時，整個車站已經沒有任何人影，卻還看到一名中年男子和一名年輕女子也在這附近漫無目的遊蕩。男的穿著白襯衫和西裝褲，女的穿著套裝，兩人應該都是上班族。那時候我還不知道我已經死了，以為自己正在偵辦什麼案子，看到那兩人在深夜遊蕩形跡可疑，就想說過去盤查一下，卻沒想到那兩人每次發現我接近後，總是以更快的速度遠離我，不管我怎麼努力就是追不上。一直以為只是夢境，也就沒有多想，竟然也就忘了這件事。」

「後來那兩人呢？」凌月問著。

——許建廷在深夜裡看見的那兩人，恐怕就是第一起電聯車爆炸案的另外兩名受害者。女的應該就是林萍，而那名中年男子則是到目前還無法確認身分的第三名死者，或許眞能從許建廷這邊查到什麼線索。

「呃，我想想——」許建廷瞇起雙眼陷入沉思，好一會兒才又開口。「好像、好像是在前晚深夜，我又看到那兩人的身影，本想要上前，卻見到兩人突然被一團黑霧所包圍，後來一下就消失無影無蹤。因爲實在沒見過這種恐怖場景，我當場有些嚇傻，倒是往相反方向逃離。然後再來就是昨晚遇見你們，覺得你們好像看得到我，就不自覺地跟了上來，但你們一下就搭電聯車離去了——」

「咦——」十三零驚叫著。「前晚的那團黑霧，應該是魔判官的著魔鬼差吧？」

「魔、魔判官？那、那是什麼？」許建廷驚訝地問著。

凌月輕瞇雙眼說著：「嗯，看來昨晚在山腳下看到的黑霧，很可能眞的就是魔判官癸亥的爪牙。著魔鬼差們已經來到台中，或許癸亥也在這附近！那兩名鬼魂恐怕已經被著魔鬼差所擊截魔化。許建廷這陣子還是跟緊這位面善心狠的鬼吏十三零，殘暴的她可以保護你免於被著魔鬼差魔化的危機！」

「哼，臭凌月，你在胡說些什麼啊！」十三零顯得相當不悅。

「咦——」許建廷一頭霧水。「魔化？那又是什麼？」

凌月看了許建廷一眼，接著神情嚴肅說著：「總之，就算變成鬼也還是很危險！四處都可能會出現伏擊亡魂的著魔鬼差，鬼再『死』掉的話就會完全寂滅，無法投入六道輪迴，還是小心爲妙！」

「哎呀呀——」許建廷輕嘆一口氣。「我以爲陽間才有壞人，一生志向就是想打擊犯罪，才會去當警察，怎麼變鬼以後反而是要怕被壞人追殺——」

「這位官差——」十三零語氣相當和緩，並面露同情之色說著。「只要好好跟著我，不會有事的——」

「嗯，可是、可是——」許建廷顯得有些遲疑。「我有個疑問，我現在變成鬼了，我接下來到底要做什麼事呢？總不能一直這樣遊蕩下去——」

雖然許建廷是對著十三零發問，不過凌月倒是搶先開口回答：「許建廷，正常若是壽終正寢，會直接由鬼差帶回靈界等待投入六道輪迴。不過因爲你陽壽未盡，明顯死於非命，在陽界應該還有未了結的心願。至少那件爆炸案的兇手到目前爲止都還無法知道是誰，也不知道犯案動機爲何，你恐怕還無法直接穿過陰陽結界前往靈界——」

「嗯，確實——」許建廷輕皺眉頭說著。「確實是很想知道爲什麼無緣無故被人殺害！」

「許建廷——」凌月繼續問著。「你想得起來三天前案發的那一晚，還有發生過什麼其他事嗎？」

「這個嘛，我隱約記得我那晚因爲公務需要整理一些檔案，比較晚下班。後來因爲覺得很累，就直接穿著制服上電聯車通勤回家。說來有些慚愧，再醒來就是恍如夢境的遊蕩狀態，唉——」

「什麼——」十三零瞪大雙眼說著。「所以你是在睡夢中死去的嗎？」

「呃，就是——」許建廷顯得有些爲難。「要是你們不說的話，我還眞不知道自己已經死了，還有那什麼電聯車爆炸案，我眞的完全沒有印象呢！」

凌月輕瞇雙眼開口問著：「所以你對同車廂的林萍和另一名男子完全沒有印象嗎？」

「倒也不能說完全沒有印象——」許建廷眼睛瞄向斜上方努力回想著。「因爲我和林萍小姐是在同一個候車月台上車，所以也坐在同一節車廂。當時已經很晚，也沒什麼其他乘客，如果沒錯的話，應該就是她吧？倒是那名中年男子，我在電聯車上雖然睡著了，中間短暫甦醒時有看到那名中男子坐在我對面的座位。然後我不久後又睡著，再來、再來就是剛剛說過的結果了——」

「啊，說過的什麼結果啊——」十三零一臉疑惑。

「嘖——」凌月輕彈了十三零的額頭。「死老太婆，妳都沒專心聽許建廷說的話對吧——」

「哎喲，我有聽啊，就是聽不懂嘛！」十三零氣呼呼鼓著雙頰抱怨。

「嗯——」凌月不想再浪費時間理會，輕瞇雙眼轉向許建廷說著。「所以你是在豐原之前的車站上車，然後林萍也跟你同一站搭車，後來同車廂出現那名看似上班族的中年男子——」

——凌月腦海中突然浮現極爲類似的場景。

「是的——」許建廷緩緩點頭。「我是在義里派出所值勤，上下班會騎腳踏車到后里站，因爲住在大慶站附近，所以每天都坐火車通勤，算蠻方便的。一般說來，我下班後會先脫掉制服換上便服，才搭上通勤火車返家，以免又被一般民眾以為是值勤時間偷懶而亂作文章。不過那晚真的有點累，也有點懶，就直接穿著制服下班搭車。不過想想這一切對現在的我來說，好像也已經沒意義了——」

原本凌月還有些想不透，若是同節車廂還有員警在場，為何兇手會選擇有警察同在的情況下引爆炸彈。但許建廷當晚儘管身穿警察制服，但因為過於疲憊，一上車就睡著，看得出來並非值勤員警，倒也就另當別論。

凌月繼續問著：「那你對林萍或中年男子的長相還有穿著，有什麼特別印象嗎？」

「唉——」許建廷突然輕嘆了一口氣。「我生前的工作，就是常常問案做筆錄，還真想不到死後變成給判官問案呢！」

十三零瞪大雙眼說著：「喔，你對判官大人問案有什麼不滿嗎！」

——其實許建廷僅為感嘆，並沒有什麼特別的意思，反倒是十三零誤以為許建廷有所不滿，站出來替凌月捍衛著。

「啊，鬼吏大人，沒什麼意思，只是有感而發罷了——」許建廷想起凌月先前提示過，十三零是個殘暴的恐怖女鬼，總覺得需要特別戒慎恐懼。

凌月面露不悅說著：「十三零，別胡鬧，讓許建廷好好回想吧！」

「唉——」許建廷突然長嘆了一口氣，接著眼眶泛紅哽咽說著。「我、我真的死了嗎？我、我其實真的很不甘心——」

「廢鐵，你——」白狗模樣的凄風瞪大雙眼說著。「我又還沒打暗號，你怎麼就自己先闖進來了！」

「哎呀！」女高中生模樣的小鐵緊皺雙眉，以相當不耐的口吻說著。「我可是等了好久，都不知道在外邊睡過幾輪。就怕妳又再堅持什麼而不敢汪汪叫，我還是自己進來比較快！」

「嘖，你這隻臭狗，有完沒完啊——」一旁的黃宏興顯得相當不悅。「這凶巴巴的女高中生又是誰了？另一個爆炸案的亡魂嗎！」

小鐵惡狠狠瞪向黃宏興，不一會兒，右手已喚出利爪兵刃蓄勢待發。

凄風見狀後急忙跳向小鐵，並伸出前腳阻止著：「喂！死廢鐵，你別太誇張啦，他們不過是普通亡魂，何必一般見識呢！」

「哼——」小鐵礙於凄風的阻擋，只好又將利爪收了回去。「就是有妳這種愚蠢的假仁慈，辦起任何事來才會拖拖拉拉的，還被亡魂騎在頭上。要不是我跑來這裡催促，還不知道妳會繼續待在這裡耗掉多少時間呢！」

「唉，他們也很可憐啊——」凄風面露哀傷對小鐵說著。

小鐵只是搖頭聳肩，接著語帶無奈說著：「又來了，又來了，辦案是妳的事，我不管了！」

「呃——」黃宏興懾於小鐵先前的威勢，變得欲言又止，之前囂張的氣焰一下便消失殆盡。面對眼前這流氓般的不良少女，黃宏興反倒再也不敢隨意開口。

「哈——」凄風見到這般場景，不覺露出苦笑打起圓場。「我身後這位女孩便是我先前提到的陰陽判官『凄風』——」

黃宏興只是微微點頭致意，不敢與女高中生模樣的小鐵四目交接，反倒是李宇龍神色自若開口說著：「想不到死神會是個這麼可愛又兇悍的女孩子，眞讓我大開眼界！」

黃宏興面露嫌惡看向李宇龍，而李宇龍還是不以爲意繼續說著：「死神大人，黃泉引路犬，就帶我們去該去的地方吧！」

「噗——」

原本還一臉怒容的小鐵，聽到李宇龍竟然稱呼凄風爲「黃泉引路犬」，這個莫名又滑稽的稱號，讓小鐵差點笑了出來。但因爲小鐵現在的外型是陰陽判官凄風，爲了維持威嚴，只好強忍笑意，不過這樣的舉動讓他的臉部顯得有些扭曲變形。

黃宏興瞥見小鐵歪曲的面貌，以爲小鐵是對自己先前的無禮舉動依舊耿耿於懷，完全不敢再多看一眼，只是把頭埋得更低。如果這名女高中生眞如白狗所言，是名陰陽判官的話，對於亡魂來說，惹怒陰陽判官似乎並不是什麼好事，黃宏興總覺得自己恐怕已經闖下大禍。

但黃宏興又很不願意接受自己已經死亡的事實，只覺得這一切更像個騙局。

小鐵怒視黃宏興說著：「喂，那一個，還發什麼呆啊，不會跟著嗎！」

「呃，是——」黃宏興低頭細語。

「欸，死廢鐵——」凄風湊近小鐵身旁低聲說著。「你不要太過分啊，我才是陰陽判官，你不過是代替我的形體來執行職務，不要對這些亡魂太誇張啊！」

小鐵再次遭受凄風數落，原本還想說些什麼反駁，但又把話吞了回去，接著只是賭氣別過頭去。

見到小鐵那副心不甘、情不願的模樣，凄風也不想理會，反而轉向黃宏興和李宇龍說著：「嗯，等等，我倒是有些問題想問一下你們——」

「是——」黃宏興這次很快就有回應，只是神情顯得相當無奈。

凄風盡可能擺出和藹的笑容說著：「你們對昨晚電聯車爆炸前後的情景，有任何特別的印象嗎？」

儘管眼前這隻刻意擠出笑容的白狗，看起來有些滑稽可笑，但黃宏興懾於小鐵的威嚴，也只是默默低頭努力回想；而一旁的李宇龍，先是滿臉疑惑看向遠方，緊接著便直接搖頭宣告放棄。

「嗯——」凄風再次指向身邊巫女模樣的小鐵說著。「那對這位陰陽判官的面貌是否有印象？」

面對凄風的第二個問題，黃宏興只是瞄了小鐵一眼，很快就和李宇龍同時搖頭否定。

凄風繼續說著：「沒關係，記憶需要慢慢恢復，我們昨晚也和你們在同一班列車的同一節車廂上——」

「啊——」黃宏興叫了一聲，情緒變得有些激動。「這麼說來，案發時我們都在同一節車廂！」

黃宏興看了小鐵一眼，突然又把話吞了回去。

見到黃宏興欲言又止，凄風趕緊開口：「黃先生，沒事的，想起什麼就儘管說，這樣才能有更多的線索！」

「呃——」黃宏興遲疑了好一會兒才又開口。「我是想說，竟然你們案發時也在同一節車廂，爲什麼還要問我們當時的爆炸情景，而且你們也在現場卻都沒有發生什麼事。還是該說因爲是死神，本來就不會有事，但爲什麼不阻止這件爆炸案的發生，讓我們無辜受害？爲什麼還要問我們線索？不都一樣同在現場，難道說這一切的兇手就是——妳——妳這個死神前來奪命——」

原本愈說愈激動的黃宏興，最後甚至將矛頭指向小鐵，不過只是愈說愈小聲。

「哼！胡說什麼！」小鐵面對黃宏興的指控，緊皺眉頭氣呼呼說著。「因爲我昨晚也在案發現場，我才懷疑引爆爆裂物的兇手，就在你們兩人之中呢！」

「啊——」

聽到小鐵的這番話，黃宏興與李宇龍同時瞪大雙眼無法置信。凄風伸出右前腳輕碰小鐵示意制止，不過小鐵根本不爲所動，繼續自己的行動。

「兇手是不是你！」小鐵右手喚出利爪兵刃，直指黃宏興質問著，不過黃宏興只是低下頭去，不敢再看向小鐵。

見到黃宏興低頭不語，小鐵先是露出得意的笑容，緊接著轉向李宇龍說著：「那兇手是不是你！」

「嗯——」李宇龍依舊是那副意態闌珊的模樣，先是微微晃頭，不一會兒開口說著。「或許是吧，那這樣就沒問題，不用再多問什麼了，可以帶我們走了吧——」

「啊——」

面對李宇龍突如其來的意外答案，反倒讓小鐵有些啞口無言。

「死廢鐵！你別鬧了，他們都是受害者吧——」凄風瞪向小鐵，接著轉向李宇龍說著。「別被判官嚇著，這只是想試圖找出兇手，屬於例行性詢問——」

「不過——」黃宏興緊皺雙眉，但礙於小鐵過於恐怖，已經完全轉向凄風說著。「這倒是讓我想到，這位大叔好像有拿著一個鼓鼓的公事包，該不會眞的是炸死我們的爆裂物吧！」

「嗯，我來補充說明一下昨晚的狀況好了——」凄風將右前腳托在下巴說著。「昨晚在車廂裡，這位李先生確實有提著一個公事包，不過黃先生，你其實也有提著一個公事包，都有可能裝著爆裂物。不過既然兩位都已經身亡，其實我更懷疑爆裂物是放在置物架上的一袋不明物體。」

「喔——」李宇龍點點頭。「所以說我可能不是兇手囉！」

「什麼——」黃宏興顯得相當激動。「你這人可真怪，果然都是胡謅一通！」

「哎呀，年輕人，你可眞沉不住氣——」李宇龍還是老神在在說著。「我只說我有可能是兇手，又沒說我就是兇手，你現在不都跟我一樣，又沒有生前的確切記憶，搞不好你才是兇手呢！」

「你、你這人眞是——」黃宏興一時氣結無法繼續言語。

「好，好，好——」凄風眼看兩人就快吵了起來，趕緊打著圓場說著。「兩位請不要再爭吵，因爲才剛變成鬼的狀態，生前記憶暫時消失是很正常的事，需要有適當的人、事、物，才能讓你們想起片段記憶。」

「哼——」小鐵只是冷眼看著凄風，並在身旁小聲碎念著。「跟兩個沒有記憶的亡魂，說什麼也是白費唇舌，我可沒妳這種耐心，嚴加拷打恢復記憶還比較快呢！」

凄風沒有理會小鐵的冷嘲熱諷，繼續對著兩位亡魂說著：「我想兩位可能都不是兇手，我有目擊到爆炸源頭來自李先生那邊，很可能就是置物架上的不明物體。那東西在我們上電聯車前，似乎就放在上面了，所以你們可能都不是兇手——」

「不——」黃宏興突然緊皺雙眉說著。「經黃泉引路犬這麼一提醒，倒是讓我想起一個畫面，李先生坐在電聯車的座位上，強烈的爆炸火光是從他身邊竄出的，應該就是那個擺在右手邊的公事包——」

「噗——」

小鐵只要一聽到「黃泉引路犬」就覺得特別好笑，這次竟然還是出自那個情緒容易激動的黃宏興口中，讓小鐵更覺得快要笑出口，但還是努力忍住這股衝動。

「年輕人，我可是沒這個畫面的印象啊——」李宇龍微微搖頭不表贊同。

「廢話——」黃宏興又再次大聲嚷著。「這是我看到的畫面，不就代表我應該是在你對面，你怎麼可能看到跟我一樣的畫面，你當然不會有印象啊！」

李宇龍還是搖搖頭：「我們都沒有生前的記憶，你確定你記憶正確？」

「嘖——」黃宏興顯得更爲煩躁。「你這死大叔煩不煩啊，我就是聽到黃泉引路犬的描述，才閃過這個畫面，我哪知道這記憶正不正確啊！」

儘管黃宏興又變得相當激動，李宇龍依舊不爲所動冷冷說著：「好好好，就當我是兇手，那又怎麼樣，我們快跟判官大人走吧！」

「你！那你爲什麼要殺我！」黃宏興大聲問著。

「哈哈——」李宇龍笑了起來。「我又沒說我眞的就是兇手，如果我是兇手，我連爲什麼要殺了自己都不知道，又怎麼知道爲什麼要殺你——」

「吼！」黃宏興緊握雙拳說著。「我受不了你了！」

「停！停！停！」凄風一改和藹可親的面容，突然輕皺雙眉大聲喊著。

原本還在思考昨晚案發情景的凄風，眼看就快發現兩人證詞中的矛盾之處，卻被兩名亡魂的爭吵打斷思考，不得不出面制止。

「我說，你們兩個不知好歹的亡魂——」小鐵看到凄風被鬧得有些生氣，出於護衛本能，竟也跟著板起臉孔說著。「再給我爭吵看看！」

小鐵話剛說完，連左手也喚出利爪兵刃，兩手利爪交錯胸前，惡狠狠瞪向兩名亡魂。

「唉呦——」淒風見到黃宏興又頓時像顆洩了氣的皮球，不禁有些同情。

不過李宇龍依舊面無表情不爲所動，倒眞的和以往接觸過的亡魂有些不同。

「喂！那邊，在這裡幹嘛！」

遠方傳來一名男子的低沉喊聲，並伴隨不斷搖曳的燈光，直直照向淒風與小鐵。

「糟了——」淒風瞪大雙眼驚叫著。

第八章

「臭凌月，果然是想跟狐狸精幽會是吧！」

十三零遠遠看見女高中生模樣的小鐵及白狗模樣的凄風緩緩走來，再看看凌月面露微笑，想到就只有一肚子氣。

此刻凌月與十三零已帶著許建廷，轉往豐原車站附近人煙稀少的空曠地方與凄風會面。

凌月沒有理會十三零，只是朝著凄風及小鐵慢慢走去。不過迎面而來的女高中生，卻是露出一臉嫌惡的表情，反倒是白狗不停輕晃著尾巴，顯得相當開心。

「凌月哥哥——」白狗在凌月面前突然站起身來，並伸出兩隻前腳交握，向凌月作揖說著。「還好你們昨晚平安無事——」

「哼——」十三零的滿腹不悅，在凌月耳邊響起。「假惺惺個什麼勁，危急時刻只會躲起來，這妖女與狐狸精有什麼屁用呢！」

「喔——」凌月一如往常略過十三零的耳語，直接向白狗點頭致意，不過目光早已移向跟在凄風與小鐵身後的兩個男人。其中一名明顯較為年輕且穿著時髦，而另一名則是穿著白襯衫及黑色西裝褲的中年男子。

凌月知道這兩名男子就是昨晚電聯車爆炸案的亡魂，原本已伸出右掌想要喚出生死簿查詢，不過白狗模樣的淒風早已湊到凌月身旁率先開口：「這位大叔是李宇龍，另一位年輕的則是黃宏興，兩位都是昨晚爆炸案的受害者。」

接著淒風又將先前問案內容向凌月簡略轉述，只見凌月頻頻頷首。在此同時，女高中生模樣的小鐵，早已注意到凌月身後的十三零，一想到昨晚意猶未盡的激烈打鬥，小鐵已不自覺伸出右掌喚出了利爪兵刃，而十三零也察覺到小鐵的威脅舉動，伸出右掌準備燃起青色的地獄之火還以顏色。

但十三零這樣的動作，一下就被凌月察覺，並在烈火燃起前直接吹熄，而後再對十三零罵了一句「不要亂來」。淒風見狀後，則用右前腳撞向小鐵，小鐵被這麼一碰後，只是低下頭去收回利爪。儘管十三零與小鐵分別被各自所屬的判官硬生生阻斷這一觸即發的戰鬥，但兩人依舊還是大眼瞪小眼，不時向對方挑釁著。

經過淒風簡短的解釋後，凌月面帶微笑轉向女高中生模樣的小鐵說著：「感謝淒風判官，特地將這兩名亡魂帶來，還好沒被魔判官的著魔鬼差截擊——」

「哼，還說呢——」小鐵瞪向一旁的淒風說著。「剛剛不過是個手電筒的光照過來，面對這種弱小人類，逃得跟什麼似的——」

小鐵對於先前在案發現場搜查時，淒風不過是看到遠方有鐵路警察迎面而來，便急忙催著小鐵逃離甚感不滿，特意以極爲不屑的口吻對淒風數落著。

淒風刻意壓低聲量回應著：「唉呦，死廢鐵，你不懂啦，要是被人界有所懷疑的話，會是很麻煩的事！」

「啊——」在凌月及十三零身後的許建廷突然驚叫一聲，緊接著繼續說著。「他們、他們都看得到我，而且那隻白狗爲什麼可以站立那麼久啊？」

「你——」黃宏興發現許建廷的身影後，也瞪大雙眼說著。「難道你也是昨晚電聯車爆炸案的受害者？可是你身穿警察制服？我怎麼都沒印象，還是又是喪失記憶作祟，怎麼樣都想不起來。難道、難道說，你就是另一位判官——」

李宇龍早已習慣黃宏興容易激動的情緒，倒是對於兩人的對話沒有任何興趣，只是一副心不在焉的模樣。

「什麼！」許建廷對於黃宏興的話語顯得更爲驚訝。「昨晚也有電聯車爆炸案？」

見到兩人滿腹疑惑面面相覷，凌月趕緊從中插了進來：「兩位不要驚慌，容我先簡單介紹一下，在下是陰陽判官凌月，而趴附在我身後這位是百年女鬼十三零，也是我的鬼吏。這位女高中生模樣的少女，則是另一位陰陽判官淒風，身旁的這隻白狗則是鬼吏鐵平。在我身旁這名穿著警察制服的是許建廷，是三天前電聯車爆炸案的其中一名受害者，而淒風判官身後的這兩名男子，則是昨晚爆炸案的受害者，年輕的是黃宏興，中年的是李宇龍。」

「咦，臭凌月——」十三零趴在凌月身後，語帶疑惑說著。「你怎麼知道他們兩人的名字，我又沒感應到你用生死簿查過？」

可見十三零即使趴附在凌月身後，卻完全沒有注意白狗淒風的講解內容，只是不時與女高中生模樣的小鐵皺眉怒視，但時間久了雙方也覺得有些無趣，只是各自靜靜待在判官身後。

儘管凌月已對大家作了簡短說明，許建廷還是一臉疑惑繼續問著：「判官大人，昨晚還有電聯車爆炸案是什麼意思？」

凌月微微點頭後，才繼續開口說著：「確實，三天前發生西部鐵路有史以來第一件電聯車爆炸案，是南下列車停靠台中豐原站時所發生的，造成三名乘客不幸當場死亡。而生前身爲員警的許建廷，便是其中一名受害者，其他兩名死者分別是女性受害者林萍，和一名至今身分不明的男子。但這兩名亡魂，根據許建廷的證詞，似乎已經被魔判官癸亥的著魔鬼差擊截而去。在爆炸案兇手未明的情況下，兩天後我與淒風判官不約而同前來豐原車站調查，恰巧搭上同一班列車。在列車北上途中，又發生了第二起爆炸案，死者就是我們眼前的黃宏興和李宇龍——」

「等等，凌月哥哥——」白狗模樣的淒風突然一臉正經說著。「我發現這兩件爆炸案都有一個共同性，就是都有一名受害者在陽界至今身分未明。」

「嗯——」凌月點點頭。「昨晚的命案目前警方只公布死者黃宏興的姓名，另一名男子因爲身分難以辨識，所以至今身分未明——」

凌月此時突然想起，許建廷先前對於第一起爆炸案的證詞中，另一名身分不明的男性，似乎也是一名中年男子。許建廷所描述的中年男子身型衣著，倒是很像眼前第二起爆炸案的亡魂李宇龍。兩者同樣都是至今在陽界身分不明的死者，似乎也可解釋爲爆裂物都擺放在這兩名中年男子附近，所以才會承受最強烈的爆炸威力，造成身分難以辨別。

——難道這兩起爆炸案鎖定的目標都是中年上班族？

「哈——」原本事不關己的李宇龍突然露出慘澹的笑容。「原來我在陽界身分不明，怪不得我都沒什麼牽掛，恐怕眞的只是個死了也無關緊要的無名氏——」

「話也不是這麼說啊——」凄風揮揮兩隻前腳露出苦笑。「可以解釋爲由於距離爆裂物最近，承受了最大的衝擊，所以身分難以確認，也可說是陽界的科技目前還無法識別，不代表你沒有身分姓名啊——」

黃宏興冷眼看向李宇龍說著：「你這死大叔不要又在那瘋言瘋語，我愈看你就愈確定我的印象，我有看到爆炸火光從你右手邊的公事包出現，你可能眞的就是兇手——」

「等等——」凌月突然打斷黃宏興說著。「你說公事包是在李宇龍的左手邊還是右手邊？」

「嗯——」黃宏興瞇起雙眼說著。「我應該沒有記錯，我印象中公事包一直就放在這死大叔右手邊的座椅上啊——」

凌月輕輕搖頭說著：「但我昨晚看到的公事包是在李宇龍的左手邊，你眞的沒有記錯嗎？」

「啊，怎麼可能，我明明就記得是在右手邊——」黃宏興顯得一臉錯愕。

「呃——」凄風遲疑了好一陣子後才又開口。「確實，我昨晚也是看到公事包是在李先生的左手邊，我是一直懷疑爆裂物應該是在李先生頭頂上的置物架上——」

黃宏興先是陷入短暫沉思，突然又瞪大雙眼說著：「什麼，黃泉引路犬，你根本就不相信我的證詞，先前竟然還裝出相信我的樣子，可惡，眞是太可惡了！」

「咳咳——」小鐵見到黃宏興對凄風出言不遜，刻意假咳一聲，之後更是狠狠瞪向黃宏興。

黃宏興趕緊擠出笑容說著：「哎呀，沒別的意思，可能是我記錯，但我印象中確實有那樣的畫面啊——」

一旁的凌月與十三零，聽到黃宏興稱呼白狗爲「黃泉引路犬」，先是不解其意，後來想想這個稱號確實令人覺得相當可笑，十三零早已忍不住笑了出來。

「唉——」李宇龍輕嘆了一口氣。「年輕人，早就說過我沒有這種印象啊——」

這次黃宏興不再多做解釋，只是面帶無奈對李宇龍還以重重的嘆息。

凌月經過短暫沉思後，突然轉向小鐵說著：「所以凄風判官覺得昨晚的爆裂物來自何方？」

小鐵本就對凌月頗無好感，突如其來被這麼問了一句，只是出於本能直接回應：「啥？問我幹嘛？你眞煩人耶，不會去問凄、凄、凄——」

原本想直接說出「凄風」的小鐵，這時也已察覺不對勁，只好「凄、凄、凄」的接不下去。

「唉呦，凄風大人——」凄風見到小鐵差點露餡，趕緊開口說著。「您還眞愛故弄玄虛，總是那麼沉默寡言，就由我小鐵來代勞回答好了！」

「喂，臭凌月，那邊那個人好奇怪喔！」凌月身後的十三零又開始出言擾亂，不過凌月依舊不予理會。

凄風繼續開口說明：「凌月哥哥，我和凄風大人昨晚爆炸前正在觀察你們，所以沒有看到爆炸火光確切來源，只有瞥見是從李先生那個方向湧出。但因爲李先生眞的是我們見過最了無牽掛的亡魂，雖然案發當時身旁有個公事包，總覺得他不大像是兇手，才會推測爆裂物可能是放在置物架上的不明袋狀物。」

聽完白狗的解說與推論，凌月一瞬間又浮現白狗才是凄風的錯覺，總覺得女高中生的所有言行舉止，眞的不像是陰陽判官凄風。但昨晚在巫女擊退群魔時，確實又可以強烈感受到女高中生就是凄風判官，又怎麼可能會出現這種詭異的狀況呢？

「臭凌月，你聽我說，那個人眞的很奇怪，從剛剛就一直盯著我們不時竊笑，你眞的看一下啦！」

十三零對於凌月的一再無視，顯得愈來愈不滿。

聽到十三零的語氣確實有異，這次凌月總算循著十三零所指的方向看去。這不看還好，一看卻發現十三零所指的那名怪人，一身亮麗的穿著，再搭上那醒目的時髦髮型，正是昨晚在山上所遇見那名一心想要化妖入魔的狂人蘇明煦。

不僅如此，在蘇明煦更遠的後方，隱隱約約出現一團不明黑霧來回飄蕩。

——對於這團黑霧，凌月也無法確認是否只是自己多心。

☙ ❧

「喂，死cosplay的！」

蘇明煦發現凌月總算注意到自己的身影，以極爲戲謔的口吻大聲喊著，並朝著凌月他們的方向走了過來。

凌月有些不解，自己爲了在陽界人群中不至於太過醒目，還將昨晚化身陰陽判官原形的長髮，特意再次修短爲中長髮型。更何況現在的衣著也與昨晚古代漢裝有所不同，爲何蘇明煦卻好似遠遠就能一眼認出凌月的身型。或許就如十三零所注意到的那般，蘇明煦早在遠方觀察很久。

眼看蘇明煦逐步靠近，凌月趕緊對身後的十三零說著：「妳先帶這三名亡魂遠離這裡，好好保護好他們吧——」

「哼——」十三零冷哼一聲。「才不要，又想支開我是不是，不過是個普通人類，有什麼好怕的！」

凌月搖搖頭：「他不是個普通人類，所以才想先請妳把亡魂帶走，免得他們被影響——」

「呃，凌月哥哥——」凄風滿臉疑惑。「這個年輕人有什麼問題嗎？」

「哼——」凌月冷哼一聲。「豈止有問題，根本就問題大了。這個人精神可能異常，這三名亡魂還在試圖恢復記憶，我不希望他們逐漸甦醒的記憶，被這瘋子顛三倒四的瘋言瘋語所影響。」

「會嗎？會嗎？」十三零在凌月耳邊說著。「我看他相貌堂堂啊！」

只見遠方的蘇明煦加快步伐，並以更爲不屑的語氣開口喊著：「少在那裝作不認得我，就算脫掉假髮、換了衣服，我也還是認得出你——」

「哈——」十三零在凌月身旁扮起鬼臉。「我偏想看看這個小哥又是怎麼瘋言瘋語呢！」

「算了、算了——」凌月不想再與十三零白費唇舌，轉身向女高中生模樣的小鐵揮手示意。「我勸你們還是別理那個一心想要入魔的神經病爲妙——」

凌月說完轉身就走，趴附在後的十三零儘管隨著凌月步伐一同向前移動，卻還是在好奇心的驅使下，不時回頭看向蘇明煦。凄風與小鐵先是面面相覷，但實在也搞不清楚凌月的用意，也只能先跟上凌月的腳步。一頭霧水的許建廷與黃宏興，見到大家已經離去，即使因爲人鬼殊途，蘇明煦也看不到亡魂，但他們還是隨著凌月一行人前進。

「咦——」十三零突然驚聲大叫。「爲什麼那個大叔——」

聽到十三零的喊聲，凌月轉頭回望，只見一向事不關己的李宇龍，竟然瞪大雙眼呆立原地，直直盯著逐漸靠近的蘇明煦。

——難道他們兩人認識？凌月思忖著。

「你，你不要故意閃躲！」蘇明煦語帶不悅說著。

見到蘇明煦又跟了上來，凌月趕緊回身繼續前進。

李宇龍的目光始終盯著迅速移動的蘇明煦，直到蘇明煦穿過李宇龍的亡魂後，李宇龍原本驚訝的神情變得相當疑惑，不過依舊還是站在原地，目視蘇明煦的離去身影。

「沈凌月！我知道你就是沈凌月！」蘇明煦情緒激昂大聲喊著。

這句話讓凌月頓時愣住，突然停下腳步，並轉身看向蘇明煦。

蘇明煦原本就已快步拉近距離，再加上凌月突然停止步伐，這下總算追上眼前的目標。

「我說沈凌月啊——」蘇明煦開口說著。「即使你改變髮型，我還是知道你就是P大民俗學系的沈凌月，別想騙過我的眼睛——」

凌月沒有回應，只是冷冷看著蘇明煦。

確實，凌月先前爲了調查某件連續殺人事件，曾經混入過P大民俗學系，並在陽界化名爲「沈凌月」。不過那已經是好幾個月前的事，更何況又早已在P大銷聲匿跡，爲何這個毫不相干的蘇明煦會知道自己的化名。

見到凌月刻意不予回應，蘇明煦轉向一旁的小鐵說著：「還有妳，我也知道妳就是昨晚那個在深山中的日本巫女。別以爲換上K中制服，我就不知道昨晚假扮巫女的人就是妳，妳是K中的日本籍學生『妻木流楓』，對吧？你們兩個人昨晚聯手欺騙我，別以爲我不知道！」

「妻你老木啦！我是誰關你屁事——」小鐵緊皺雙眉右手握拳，一副就要喚出利爪兵刃的架式。

「蠢蛋，不過區區弱小人類，少跟我在那鬼扯一堆屁話！」

蘇明煦沒料到外型如此可愛的女高中生，竟會出現這麼粗魯的言行舉止，倒讓蘇明煦一時有些語塞。

「喂，死廢鐵，別毀壞我可愛的形象啊！」淒風在小鐵腳邊小聲抗議著。

淒風因爲有陽界人類出現，已不再用雙腳站立，見到蘇明煦逐漸靠近之時，早已換爲四腳著地的普通白狗模樣。

「嘖——」小鐵被淒風如此數落，只是滿臉不悅別過頭去。

「喔，蘇明煦——」凌月這時總算開口。「你又是怎麼認爲我是『沈凌月』呢？」

凌月不想再和蘇明煦拐彎抹角，倒是直接問起原因。

「哼——」蘇明煦露出不懷好意的笑容。「我就說你這死cosplay的，還想騙我。我這M大資訊系的高材生，所有資訊能力都是自學而來，網路搜尋能力可是全台灣數一數二厲害的，也有成功入侵過一些主機伺服器。你不過是個P大那什麼鳥民俗學系的，還想裝神弄鬼捉弄我，更自稱是什麼魔的。你在P大民俗學系留下的照片，我一下就可以輕易搜尋到，錯不了的，你就是沈凌月——」

凌月點點頭，接著才又開口說著：「是又如何？不是又如何？」

「你，你難道不覺得我很厲害嗎——」蘇明煦瞪大雙眼說著。

凌月搖搖頭：「就憑你這樣的能耐也想入魔，告訴你，你還差得遠呢！」

「沈凌月——」蘇明煦咬牙切齒說著。「你最好記住你今天這句話，站在大人物面前，竟敢這樣講話，看你會不會後悔！」

就在這時，遠方突然出現一團黑霧，並向前迅速移動，一下就迫近仍舊站在原地的李宇龍。

「糟了！」十三零驚叫一聲。「是著魔鬼差！」

「可惡，果然不是錯覺！」凌月先前就已注意到遠方若隱若現的一團黑霧，原還以為是自己看錯，想不到眞的就是那十二名著魔鬼差。

不知道什麼時候，原先還在凌月一行人附近的許建廷，已經跑到李宇龍身邊，並異常驚慌催促李宇龍：「快跑啊，我知道這團黑霧有多可怕啊！」

十三零早在發現著魔鬼差時，就已經雙手向外一拉，喚出了索命長鐮，並已進入備戰狀態。不過那團黑霧卻一瞬間就將李宇龍及許建廷團團圍住。沒多久，十二名臉色糜爛的著魔鬼差一一現形，手持鐵枷鎖不停來回揮舞著。

「哼，管不了那麼多了——」凌月見情況危急，也無法再顧及眼前還有陽界凡人，準備轉化為原形。

「喂！你們還想再耍我是嗎？」蘇明煦顯得相當不悅。

由於蘇明煦身為陽界凡人，也沒有陰陽眼，自然看不到李宇龍及許建廷等人的亡魂，更別說是那十二名著魔鬼差。眼前只有一臉正經看向遠方的凌月及女高中生，但明明前頭什麼也沒有，蘇明煦直覺就是凌月他們兩人又想聯手整人。

蘇明煦愈想愈氣，想要直接一把抓住凌月肩頭，但沒想到手才剛搭在凌月身上，凌月竟然全身冒出一股輕煙圍繞。沒多久輕煙散去，凌月不但頭髮變長，身上衣著也突然換成一襲古代漢裝，完全就是蘇明煦昨晚所見到的那副打扮。

小鐵見到凌月直接在陽界凡人面前化身原形，馬上俯身對凄風說著：「可惡，我看這陽界蠢蛋瘋瘋癲癲的，講話也未必有人相信，實在也不用顧慮那麼多了——」

小鐵話剛說完，也是一陣輕煙圍繞，不久就轉化爲日本巫女的原形，並伸出雙手喚出利爪兵刃，準備加入戰局。

凄風見狀後，原本還有些猶豫，但看到李宇龍與許建廷情況危急，也只能爬起站立，並伸出右前腳喚出武士長刀。

「喂，死cosplay的！」蘇明煦繼續嚷著。「別以爲變變魔術就想嚇倒我啊，那隻白狗不過是隻馬戲團的動物罷了吧！」

由於蘇明煦看不到凄風所喚出的武士長刀，眼前所見的，除了換作古代漢裝的凌月及日本巫女裝扮的小鐵，還有就是一隻以雙腳站立的白狗向前直奔而去。

「別想耍我啊，沈凌月！」儘管蘇明煦努力追向凌月等人，卻一下又被遠拋在後頭，只想當作又是另外一場裝神弄鬼的整人秀，但眼前這兩人的移動速度卻又明顯異於常人。

「可惡——」十三零伸出右手擺出劍指，沒多久已聚集一道青色鬼火甩向著魔鬼差，但礙於李宇龍及許建廷還在其中，這地獄之火也不敢聚得太強。

著魔鬼差感應到十三零來勢洶洶的鬼火，前排鬼差雖被衝擊，但因十三零對火勢有所顧忌，並未使出全力，一下又被後排著魔鬼差那迅速來回揮舞的鐵枷鎖群所擊散。

十三零藉由著魔鬼差抵禦攻擊時所出現的陣勢縫隙，看到許建廷儘管一臉驚慌，卻還是充分展現他生前人民保母的那副模樣，以壯碩的身軀擋在李宇龍面前。而李宇龍雖然與許建廷一樣，都被這團面容恐怖的著魔鬼差團團圍住，卻有如踏入忘我之境，對周遭事物視若無睹，只是瞪大雙眼伸手指向遠方的蘇明煦。

——蘇明煦和李宇龍到底有著什麼樣的關係？凌月依舊百思不得其解。

就在此時，十三零已闖進著魔鬼差面前，高舉索命長鐮向前一劈，手起刀落直接將兩名鬼差不停來回旋轉的鐵枷鎖擊落。而凌月也已喚出判官筆加入戰局，兩人通力合作下，很快就將著魔鬼差打出一個缺口。

隨後趕到的凄風則繞至鬼差陣勢後方，輕閉雙眼聚精會神，左前腳緊扣置於腰際的武士長刀，而右前腳則按在刀柄上，一副蓄勢待發的拔刀模樣。

不一會兒，凄風睜開雙眼，厲聲喊著：「可惡，看我的——」說時遲，那時快，凄風迅速拔刀出鞘，一陣白色的刀風向前形成一道白影，並迅速朝向著魔鬼差迫近。

凄風所攻擊的部位，正是著魔鬼差陣勢後方，想要與正在前方搏鬥的凌月與十三零來個前後夾擊。不過凄風看似威力十足的刀風，竟然在接觸到著魔鬼差時突然消逝。

「死肥婆，妳要不要幫忙啊——」小鐵此刻已攻進著魔鬼差後方陣勢，以極爲不滿的口吻嚷著。「妳以爲妳現在這個狗模樣，還能施展多少刀風威力啊！」

「啊，對耶——」凄風雙眼微睜說著。「一時情急竟然忘了我是這副蠢狗模樣，難怪綁手綁腳的——」

「啊！啊！啊！」小鐵顧著和淒風鬥嘴，一個分神沒有留意，竟被其中一名著魔鬼差的鐵枷鎖擊中。被擊中還好，但其他著魔鬼差發現有隙可乘，也紛紛轉攻女高中生模樣的小鐵，一下就被四五個鐵枷鎖合力擊倒在地。

「嗚嗚，我可愛的臉蛋——」淒風一臉哀傷地說著。

「臭凌月——」在陣勢前方鏖戰的十三零咒罵著。「這根本就只有我一人在奮戰嘛！你不要來亂，還要我搭救你，我再怎麼努力打開著魔鬼差的陣勢缺口，又要分神幫你，也沒有人可以進去營救亡魂，再這樣下去他們眞的會魔化啊！而且你那什麼西淒風的臭判官，根本就是兩個耍猴戲的，我一點也感覺不出他們的靈力，根本就只比你這臭凌月好上一點，完全幫不上忙啊！要不是有兩個亡魂被著魔鬼差包圍在內，我早就使出最強力的地獄之火，將這群著魔鬼差全部燒光光！」

聽到十三零不停叨念，凌月原本想要反駁幾句，但因爲不斷防禦著魔鬼差的接連進攻，早已氣喘吁吁，實在無法抽身，只能繼續讓十三零碎念下去。

「啊，放開我、放開我！」

儘管十三零還想繼續抱怨，白狗模樣的淒風突然傳出淒厲的驚叫聲。

眾人尋聲望向淒風，各個瞪大雙眼無法置信。

第九章

「你——」凌月停下手中揮舞的判官筆，迅速跳出著魔鬼差陣勢。

「放開我、放開我！」凄風儘管雙腳不斷在空中揮舞掙扎，卻被一雙結實的手給緊緊抱起。

——原來後方出現的，正是那名死纏爛打的蘇明煦。

「嘖——」蘇明煦以極為不屑的口吻說著。「果然只不過是一隻普通笨狗，你們兩個雜耍團到底想聯合欺騙我到什麼時候！」

凌月一想到蘇明煦在這不斷礙事，滿臉不悅對仍在陣中搏鬥的十三零說著：「死老太婆！我准許妳把那礙事的瘋人打昏吧！」

「哼，臭凌月——」十三零生氣地說著。「我才沒那閒工夫去管那隻沒用的白狐狸精呢！」

此刻，著魔鬼差的陣勢只剩下十三零繼續奮戰，儘管十三零嘴上這樣說著，但在剛才巫女模樣的小鐵被擊倒在地後，十三零還是使盡全力前往搭救，這才讓遭受重擊的小鐵得以逃離陣勢。

見到十三零為拖住十二名著魔鬼差，依舊獨自努力奮戰，凌月轉身朝蘇明煦快步移動，乾脆自己想辦法來修理這名狂人。

「放開我啦——」凄風繼續呼喊著。

淒風因爲被蘇明煦突然抱起，一時慌了手腳不停呼救，不然以她目前的功力，雖然對付著魔鬼差非常吃力，但要對付普通人類，並不至於完全沒有辦法。

就在凌月快要接近蘇明煦之時，眼前突然出現一道黑影。再仔細一看，那黑影正是巫女模樣的小鐵。

「愚蠢人類，是你自找的——」

在小鐵還沒結束這句話，早就迅速出拳重重擊向蘇明煦。雖然小鐵的這一拳沒有喚出利爪兵刃，不過凌月明顯可以感受到小鐵同時發動靈力，讓這拳頭的威力更爲驚人。

蘇明煦受到重擊後，總算放下淒風，而整個人先是因爲拳頭威力倒退幾步，接著一個踉蹌倒地昏厥。

「呼，這蠢蛋實在有夠吵的，耳根清靜還眞爽快——」小鐵這下總算露出滿意的笑容。

小鐵整個俐落的拳頭以及粗魯的言語，和亮麗可愛的巫女外型實在毫不相稱，讓凌月看得有些目瞪口呆，實在非常懷疑她眞的是陰陽判官淒風嗎？

「可惡，這邊眞的太難施展手腳了——」十三零礙於難以突破攻勢，顯得相當不耐。

眼看這十二名鬼差不停變換陣勢，不管十三零怎麼進攻，著魔鬼差還是馬上又將許建廷兩人圍住。原本這十二名著魔鬼差，對靈力強大的十三零來說，根本就不是對手，但「人質」在手，也就有所顧忌。

凌月突然有個想法一閃而過。

——會不會這惱人的狂人蘇明煦，正是魔判官癸亥的宿主。

上次魔判官在十二名著魔鬼差不斷四處截擊死於非命的冤魂助長勢力，原本已被打散的元靈又得以重新凝聚，這才又讓魔判官重新在陰陽兩界浮現身影。

該不會上次靈蛇姬冷雨將魔判官癸亥引入自有空間決戰後，又將癸亥元靈打散，所以才又再次寄宿在心術不正的人類身上。

因爲蘇明煦現在已經倒地，如果魔判官眞的就寄宿在他身上，或許此刻可能也會突然冒出。看著倒地不起的蘇明煦，並沒有任何異狀，怎麼看都只是個普通人類，凌月只覺得自己想得太多。

擊倒蘇明煦後，巫女模樣的小鐵又再次轉身加入十三零的戰局。不過此刻被著魔鬼差圍在陣中的許建廷身上，開始出現團團黑霧，已有逐漸魔化的跡象。

「可惡——」十三零咬緊牙根繼續揮舞長鐮奮力進擊，眼看許建廷已有魔化，讓十三零更爲心急。

「凌月哥哥，感謝相救！」白狗模樣的凄風說完後，再次喚出武士長刀加入戰局。

凌月還來不及解釋，白狗其實應該感謝巫女的重拳，卻見白狗早已奮力殺入著魔鬼差重圍。十三零這下總算同時得到小鐵與凄風的強大助力，已再次突破重圍打出缺口。眼看就要攻到兩名「人質」面前，遠方卻突然傳出雄渾的低沉笑聲：

「哈哈哈，老朋友又見面了——」

這雄厚的嗓音伴隨著一團黑霧，由遠方迅速迫近。

凌月當然認得這聲音的主人，這幾天最擔心的狀況竟然還是發生了。

回頭看看蘇明煦，依舊昏倒在地。

凌月很清楚這團黑霧就是魔判官癸亥，上次與靈蛇姬冷雨交戰後，也不知道癸亥這陣子實力究竟如何。若要集合凌月、十三零、凄風與小鐵四人之力，與癸亥奮力一搏，也不是不可行。尤其昨晚也親眼見證過，巫女凄風的身手實力，絕對不亞於靈蛇姬冷雨，現在是礙於「人質」被著魔鬼差重重包圍，才讓她們兩人難以施展實力。

——不過凌月並不知道凄風與小鐵無法施展身手的眞正原因，是兩人的「移魂」所致。

黑霧散去後，眼前浮現的，果眞就是凌月所擔心的魔判官癸亥。

鐵青膚色的魔判官癸亥，右臂挽著巨型硃砂筆，並不時露出邪氣逼人的笑容。

「哼——」魔判官低聲說著。「果然還是需要女人保護啊，但這次的這兩位是假貨，根本不是眞正的西凄風——」

凌月雙眼微睜無法置信，但先前早已發現凄風與小鐵兩人似乎有異，而癸亥的這段話語，更加深了凌月的質疑。

「什麼——」巫女模樣的小鐵瞪大雙眼說著。「少在那說些蠱惑人心的蠢語！」

「哼——」魔判官右臂向前一揮，巨型硃砂筆與手臂動作一致，順勢向前進擊。「本官很確定妳是冒牌假貨，西凄風的靈力不可能如此之弱！何方小妖，竟敢幻化西凄風的外型假冒？」

說時遲，那時快，癸亥的巨型硃砂筆早已直趨而入，而著魔鬼差彷彿事先就已演練多時，竟整齊劃一從團團重圍讓出一條空隙。

面對來勢洶洶的巨型硃砂筆，小鐵雙手利刃交錯胸前，原想奮力抵抗，但一旁的凄風突然開口說著：「等等，不知道魔判官實力如何，以我們目前的狀態恐怕會招架不住啊！」

小鐵先是不予理會，想要繼續接招，但仔細想想凄風的話語也不是沒有道理，只好與凄風一同跳往一旁，藉以閃避癸亥的猛烈攻擊。

「哼——」魔判官見到凄風與小鐵逃離後，只是發出一聲嗤笑。「果眞是冒牌假貨！」還在奮戰的十三零，也已察覺癸亥的現身，神情突然變得異常緊張，而原本流暢的戰鬥動作也變得相當僵硬。

「叛徒十三零！」癸亥低沉的嗓音倏地傳來。

原本生性聒噪的十三零，這時只是緊閉雙唇，完全不敢看向魔判官，而手中的攻勢早已停止，任由著魔鬼差不斷進攻，也只是消極進行防禦。

十三零原是癸亥還是生判官時的鬼吏，更曾被癸亥洗冤搭救，後來因爲無法認同癸亥逐漸走向魔化之路而被封印。機緣巧合下，這封印又被凌月所解開，十三零才成爲凌月的頭號鬼吏。

面對過往的老主與恩人，十三零如今卻是另一陣線的敵人，每次碰上都有種說不出的苦楚。

「死老太婆，快走吧——」凌月的呼喊總算喚醒差點陷入敗局的十三零。「唉，看來我們不得不放棄，他們已經魔化了。」

經凌月這麼點醒，十三零這才發現，努力了老半天所想營救的兩名亡魂，其中的許建廷早已消失在團團黑霧中，而李宇龍雖然還剩胸部以上尚在黑霧之中若隱若現，但從李宇龍猙獰的表情，不難看出魔化的嚴重程度。

「快走吧——」凌月把了無戰意的十三零拉出著魔鬼差陣陣重圍，而說也奇怪，這群著魔鬼差似乎是在魔判官癸亥的授意下，並沒有進一步追擊，僅是對即將魔化的李宇龍進行更爲緊密的重重包圍。

「哼——」魔判官癸亥顯得相當不屑。「想逃是吧，這次你那個假西風也幫不了你，也想自顧自逃命去！」

經由癸亥這麼一說，凌月這才發現凄風與小鐵不知何時早已悄悄遠離，並駐守在一臉茫然的黃宏興身旁。

「死肥婆，妳的凌月哥哥不會有事的——」巫女模樣的小鐵激動說著。「他們倆會自己脫身，而且就算我們四人合力也不是魔判官的對手，剛才也是妳強拉我閃避魔判官的攻擊。別想再『反移魂』回來，昨晚強行『反移魂』耗掉大量靈力，現在根本還沒恢復。反正那兩名亡魂已經魔化，現在也只能盡力解救眼前這個煩人的亡魂要緊吧！」

「唉——」白狗模樣的凄風搖搖頭。「確實魔判官癸亥與昨晚那些魔物完全不同，要是被發現我們是透過『移魂』銷聲匿跡，恐怕不像昨晚那般好解決。但昨晚的場景應該也已傳遍天地六界，魔判官知不知道也沒多大差別了——」

「嘖，死肥婆——」小鐵輕皺眉頭，顯得相當不耐。「還不都是妳假仁慈所造成，昨晚那些低等魔物擅闖陽界，本就可以直接殺無赦，還留活口幹嘛！妳看，魔判官已經注意到我們了，還是快帶著眼前這名亡魂先回靈界，這樣魔判官也無法追擊了。」

凄風陷入短暫沉思，而後才又開口：「如果是先前的李宇龍，因爲對陽界明顯沒有執念，倒還有可能帶入，但這名亡魂若是強行帶進靈界，恐怕就會有魔化的危險——」

「死肥婆，別囉嗦，就說魔判官已經注意到我們，快劃陰陽結界，妳的凌月哥哥不會有事的！」

在小鐵催促下，凄風雖然心有不甘，卻還是喚出硃砂筆，準備劃出結界。

小鐵這時板起臉孔，轉向黃宏興說著：「這位煩人的先生，儘管跟著我們走吧，不然就等著跟你同伴一樣魔化！」

黃宏興聽了以後仍是一臉茫然，看著眼前白狗模樣的淒風，伸著右前腳不知道在比劃些什麼，緊接著前方就出現一個逐漸擴大的詭異缺口。

淒風劃好結界後，在臨走前還回頭望向凌月與十三零，只見凌月背著十三零也往另一個方向離去。從凌月的動作看來，似乎也正劃著陰陽結界準備閃避，而魔判官癸亥不知爲何，卻也沒有想要繼續追擊的意圖，這才讓淒風拋開心中的那塊大石，放下心來走進結界的另一端。

遠方的凌月看見淒風與小鐵已帶著黃宏興的亡魂離去，再看看依舊昏倒在地的蘇明煦。那個渺小的普通人類，顯然魔判官自始至終都不屑一顧，理應沒有任何危險，凌月這才與趴附在身上的十三零，一同進入陰陽結界。

進入結界後，眼前浮現的是寥寥可數的零星枯木，這便是靈界的其中一隅。而趴附在凌月背上的十三零，此刻突然哭了起來：「嗚，爲什麼，就差那麼一點點，許建廷感覺是個很好的官差，還有那個大叔，爲什麼我們救不回他們——」

儘管凌月沒有回應，自己卻也難掩滿腹悔恨，就這樣讓兩名亡魂眼睜睜在自己面前被著魔鬼差魔化。而前一晚還那麼威風凜凜的淒風與小鐵，爲何見到魔判官癸亥後，一下就變得如此膽怯，在沒有知會凌月的情況下便自行逃離。不過話說回來，自己也是選擇離開戰場，一切只能怪自己力量不足與癸亥對抗。而就算靈力高強的十三零，因爲已經單打獨鬥一整晚，再加上與癸亥過去的複雜關係，實在也很難讓十三零直接面對癸亥。

凌月想著想著，覺得十三零變得相當安靜。回頭一瞥，這才發現原本還在哭泣的十三零，已經累倒在凌月背上睡著，露出一副十分安詳的可愛睡臉。

❧ ☙

豔陽高照，又是晴朗的一天，凌月再次修剪長髮，並換上簡便的時裝，在台中市區四處遊蕩。

由於日正當中，身邊當然也不可能出現那聒噪的百年女鬼十三零。而十三零經過連續兩天的激烈戰鬥，靈力早已耗損大半，此刻更需要在靈界好好歇息。

今日的各大報章媒體，仍以西部鐵路連續爆炸案作爲頭條新聞，不過警方依舊沒有斬獲。除了第一件爆炸案的第三名男性死者仍然身分不明外，第二起爆炸案的最後一名死者身分至今也依舊成謎，另外依據倖存者證詞所提及的女高中生，行蹤也還是下落不明。這兩起爆炸案留下太多謎團，也造成社會大眾的極度恐慌，只要案子一日不破，就永無安寧之日。

儘管凌月已經知道第二起命案身分不明的死者，便是已經慘遭魔化的李宇龍。不過依據死者許建廷所供稱，第一起命案另一名身分不明死者，也是一名上班族打扮的中年男子，這樣的特徵倒和李宇龍非常相似。只是如果兩人都是中年上班族的話，事發至今早已多日，不但沒有家人出面指認，甚至也沒有任何公司懷疑，自家無故缺勤員工可能是爆炸案受害者，這種情況確實相當詭異。

凌月再次回想李宇龍生前在電聯車上的裝扮，那整齊後梳的髮型，確實也可能是高階主管，甚至就是老闆，但身上的某些特徵卻又讓凌月不這麼推想。即便李宇龍本身就是老闆，已在陽界失蹤多日，也該有部屬或家人出面確認。

再想起李宇龍昨夜就在凌月等人面前慘遭魔化，確實令凌月非常不甘。不過更令凌月在意的是，李宇龍魔化前先是一直盯著蘇明煦，接著又伸手指向他，彷彿就在提出什麼指控。到底這一切是否眞與那狂人蘇明煦有關，恐怕眞相也隨著李宇龍的魔化一同消逝。

——凌月想著想著，思路實在有些轉不出來，只好隨意看向遠方景物，藉以澄淨思緒。

白天的台中市區，依舊熙來攘往，車水馬龍的街道上，行車及路人絡繹不絕。有些人群更是有說有笑，彷彿這兩起爆炸案不曾發生過一般，不過連續爆炸案所造成的恐慌，早已深植民眾內心，街談巷議大多與此案脫不了關係。

凌月隨意漫步，穿過了熱鬧的市區，四周的建築物逐漸呈現老舊面貌。到了G公園的外圍，更不時出現多名穿著破舊的遊民，其中幾位更是直接在路邊或公園涼亭內倒頭呼呼大睡。

儘管G公園已經有些破舊，明顯乏人問津，凌月還是不以爲意，緩緩走進公園內，想要找個安靜的地方整理思緒。

「那個李宇龍怎麼不見了，四處都找不到，會不會又跑了一個——」一名看起來二十來歲的年輕女子開口說著。

「嘖——」另一名同樣也是二十來歲的年輕男子眉頭深鎖說著。「枉費我們投資了這麼多錢在他身上！」

這對男女，男的身材十分魁梧，身上的短袖T恤完全隱藏不住精實的上臂肌肉，與他那粗獷的五官相爲呼應；女的面容清秀，唇上抹著極爲豔麗的口紅，穿著長版外衣，儼然一副時下流行的韓系裝扮，站在壯男身旁顯得更爲嬌小。

——李宇龍？偶然聽見這對男女的對話，讓凌月不自覺往前靠近。

從他們對話中可以推斷，這兩人並不知道李宇龍的下落，只是也無法確定他們口中的李宇龍，是否指的就是那名連續爆炸案的受害者。

「算了啦——」女子東張西望後才又繼續開口說著。「要不要在這附近尋找其他對象？」男子搖搖頭，並以極為氣憤的口吻說著：「可是那個李宇龍到底躲到哪裡去了？想到就火大，竟然被他捲款跑走了！」

此時凌月已悄悄接近這對男女，並喚出了生死簿移向兩人查詢。原來男的叫做洪志勳，陽壽六十七年，女的叫做張鈺萍，陽壽七十八年。

「哼——」張鈺萍挑眉說著。「倒是沒想到他敢跑走，原以為只是個乖乖聽話的膽小鬼！」洪志勳一臉不悅附和著：「嘖，供吃供住的，還這麼不識好歹！」

「咦——」張鈺萍突然發現凌月就在他們兩人附近的長椅坐著，儘管凌月只是面無表情凝視遠方，張鈺萍還是面露警色，對著身旁的洪志勳小聲說著。「那個男的怪怪的，好像從剛才就一直在偷聽我們講話——」

洪志勳聽了以後，緊皺雙眉瞪向凌月，並開口大聲嚷著：「你在那邊幹什麼，還不快滾！」

凌月絲毫不以為意，輕瞇雙眼打量這對男女，接著只是冷冷笑著。

張鈺萍見到凌月神情有些詭異，直拉著洪志勳想要離去，不過洪志勳對於凌月那近似挑釁的模樣更為光火。

「媽的！你是想怎樣！」洪志勳挽起上衣袖子，刻意露出了結實的肌肉，作勢就要揍人。「現在老子氣頭上，我倒是眞的很想找人練練筋骨！」

凌月仍然沒有懼色，依舊只是冷冷看著洪志動。

張鈺萍見到凌月異於常人的沉著反應，趕緊拉住洪志動苦口婆心勸著：「唉，不知道對方是什麼來頭，這麼有自信的感覺，如果是警察的話怎麼辦？」

洪志動先是瞪向凌月，接著只是猛搖頭說著：「算了、算了，這公園眞的什麼怪人都有，眞是遇到瘋子！」

或許張鈺萍說到關鍵點，這才讓原本情緒激昂的洪志動冷靜下來，即便心有不甘，還是只能轉身與張鈺萍一同離去。

——警察？

儘管張鈺萍刻意壓低聲音，還是被凌月聽到了。

見到兩人的反應，凌月更覺可疑，即使他們所說的李宇龍不是爆炸案受害者，但從對話的內容可以推斷，這兩人所指的李宇龍恐怕也不是遇到什麼好事。尤其這對男女對警察存著極高的戒心，很可能是做了什麼見不得人的非法勾當。

凌月直覺相當可疑，儘管兩人已經逐漸遠離，但因爲目前對於電車連續爆炸案的搜查也出現瓶頸，此時恰好遇見與案情相關的可能線索，凌月還是決定跟了上去。

小心翼翼跟在後頭，凌月盡可能與這對男女保持安全距離。即使一開始張鈺萍仍有戒心，不時回頭觀望是否有人跟上，但久而久之，也逐漸鬆懈不再回頭。

兩人走向市區，並不時停下來交談著，不過因始終保持一段距離，並無法聽到兩人的對話內容。

其中一次兩人停下腳步進行交談時，洪志勳還從側包中拿出五、六本用橡皮筋綑綁的銀行存摺，還有另一疊同樣也是套有橡皮筋的提款卡。不過張鈺萍見到洪志勳手中之物顯得有些慌張，先是不停搖手示意，接著還是一陣左顧右盼後，緊皺雙眉向洪志勳說了幾句，洪志勳這才將這疊存摺與提款卡收了回去。

不過由於距離過遠，實在也看不出是哪家銀行的存摺與提款卡。但從存摺大小不同與整疊存摺側邊色澤有異，可以判斷這疊存摺來自不同銀行，而提款卡因爲大小均一，就很難判斷是否都爲同一間銀行所有。

兩人繼續前進，直到走至D銀行台中分行外，才突然停了下來，並在外邊交談了好一陣子。突然，凌月發現銀行外圍的另一頭，出現一個熟悉的身影，也正在盯著這一男一女。

——這個身影不是別人，正是狂人蘇明煦。

蘇明煦就站在這對男女的側邊，張鈺萍偶然望見時，蘇明煦便迅速拿起手機假意把玩起來，好似只是站在原地滑著手機。不過張鈺萍即使發現蘇明煦一直站在側邊，也只是看了幾眼，並沒有再多做其他反應，繼續和洪志勳交談。

——蘇明煦和這對男女有什麼關係嗎？

儘管蘇明煦轉換爲滑手機的動作相當順暢，不致令人起疑，但這一切看在凌月的眼裡，卻還是覺得有些突兀。

凌月又想起李宇龍魔化前對蘇明煦的強烈反應，再加上現在蘇明煦似乎又在監視這對男女，而這對男女先前對話中又提到了李宇龍，到底這幾個人有著什麼樣的關係？

此外，這對男女手中的那疊存摺與提款卡，看似與多家銀行有著密切往來，但兩人的樣貌與舉動，似乎又不像正派經營的商人。若兩人口中的目標李宇龍，眞的就是連續爆炸案的受害者，李宇龍又和這兩人怎麼產生關聯？而這對男女現在又跑到了D銀行台中分行，不知道想要做些什麼樣的交易，會是提款、存錢還是轉帳？甚至根本就與銀行業務無關？而蘇明煦會不會只是正好需要到銀行辦事，才恰巧出現在銀行門口，發現這對男女舉止怪異而產生好奇，其實他根本就與眼前這對男女沒有任何關係？

就在凌月還在思考的當兒，洪志勳與張鈺萍兩人的動作，看起來正準備走向銀行門口。不過就在凌月猶豫是否繼續跟上之時，突然聽到那熟悉的聲音大聲喊著：「沈凌月！」

——這聲音的來源，便是那狂人蘇明煦。

「沈凌月！」蘇明煦繼續喊著。

由於音量不小，也引起了洪志勳與張鈺萍的注意，兩人因此停下腳步。

循著蘇明煦呼喊的方向轉頭望去，這對男女看見凌月後，均顯得面有難色。

蘇明煦毫不在乎這對男女的怪異反應，只是迅速穿過兩人身旁，向凌月的方向繼續前進。

張鈺萍先是緊盯著凌月，接著對身旁的洪志勳開口說著：「就跟你說不要招惹那個怪人，怎麼會這樣沿路跟來，這下麻煩了，搞不好眞的是警察——」

「哼——」洪志勳惡狠狠瞪向凌月。「算了，今天先到此爲止，我們快走吧！」

洪志勳說完後，便拉著張鈺萍朝銀行大門的反方向匆忙離去。

凌月原本想要繼續追上，但迎面而來的卻是那狂人蘇明煦，臉上還帶著不懷好意的詭異笑容。

第十章

「你和剛才那對男女有什麼關係？」

凌月不待蘇明煦開口，劈頭直接問著。

「沈凌月，你也太好笑了吧——」蘇明煦一副不以爲然的模樣。「是我才想這麼問吧！他們這麼明顯看到你就像看到鬼一樣跑走，是你才和那對男女有什麼關係吧？」

「哼——」

凌月冷哼一聲，原本正要開口，卻被蘇明煦直接搶先插了一句：「他們都說你沿路跟來，我只是恰巧出現在這裡，跟他們哪有關係！」

「隨便你怎麼說——」凌月微微搖頭。「你到底跟李宇龍有什麼關係？」

蘇明煦先是一臉疑惑，而後才又開口說著：「誰啊？我不認識——」

面對狂人蘇明煦，凌月一時之間也無法判別他是否在裝傻，只好繼續追問：「雖然你說不認識，但他的亡魂這幾天緊緊跟著你，應該是跟你有什麼關係！」

「哈——」蘇明煦縱聲大笑。「你以爲我會相信你的鬼話，打從一開始見面，你們幾個人就在裝神弄鬼，你以爲我會這麼容易被騙嗎？」

凌月冷冷說著：「不相信就算了，李宇龍的亡魂，確實一直跟著你。」

「哼——」蘇明煦露出輕浮的笑容。「裝神弄鬼就算了，還想說你有陰陽眼嗎？如果你看得到那個亡魂，爲什麼不直接問問他跟我有什麼關係？」

凌月凝視遠方輕輕搖頭，不久後才又開口說著：「看你的反應，你好像本來就知道李宇龍——」

蘇明煦情緒一下就變得相當激動，並大聲喊著：「再鬼扯吧你！就說過我不認識他，你是要怎樣，叫這位先生的亡魂出來跟我對質啊！」

凌月嘴角露出一抹淺笑說著：「我從一開始就只說『李宇龍』和你有什麼關係，既然你不認識，根本是個陌生的事物，說的也不一定是人，可能會是什麼動物或吉祥物之類的，你又怎麼會知道我講的是什麼？而你卻馬上認定我說的就是人，況且如果是人的話，這名字的相近音『李羽蓉』，羽毛的『羽』、芙蓉的『蓉』，這樣也可能是女生，你剛剛卻說叫這位『先生』對質，顯然你根本就認識。不管如何，至少你見過李宇龍！」

蘇明煦雙眼微睁，沉默了好一陣子，緊咬的下唇已有些泛白。但不一會兒，蘇明煦馬上又恢復戲謔的神情說著：「你這死cosplay的，不但裝神弄鬼，現在還想當起偵探。呸，老子就是直覺反應你講的『李宇龍』就是一個中年大叔，怎麼樣？該不會眞的那麼巧，就是中年大叔吧？但我說我就是不認識，你能拿我怎麼樣？你倒是先回答你跟剛才在銀行門口的那對男女有什麼關係——」

見到蘇明煦眼神銳利，看起來一點也不含糊，但之前一心想要入魔的怪異行徑，卻又很難讓人與「精明」聯想在一起。

凌月輕瞇雙眼，其實想想，該說這個蘇明煦在想要入魔這方面倒也還算精明。前晚目睹山上的怪異場景後，蘇明煦會懷疑凌月等人是妖是魔還能理解，而在認定凌月他們只是裝神弄鬼後，所出現的反應也尚屬合理，一點也不像神智不清的樣子。這狂人的諸多舉動，乍看輕浮狂妄，卻又好似經過深思熟慮，倒是讓凌月有些難以捉摸。

蘇明煦見到凌月沒有回應，輕佻雙眉繼續說著：「怎麼樣？解釋不出來吧？還是你想說你眞的就是個偵探？我知道你和前陣子的中部山區命案也有關聯，別以爲我不知道，你不過就是個自以爲偵探的死cosplay的！」

凌月輕皺雙眉，原以爲蘇明煦只是恰巧在何處發現自己在陽界的化名，想不到竟連前陣子所參與的命案也非常清楚，看來這蘇明煦可能眞不是什麼省油的燈。

「蘇明煦，再扯吧你，我實在聽不懂你在說些什麼？」凌月刻意模仿蘇明煦先前的話語說著。

「哼，哈——」蘇明煦恥笑幾聲，接著繼續以極爲不屑的口吻說著。「隨便你，你絕對會後悔的，你實在太小看我的能力。你不可能知道我已經做了什麼，或我之後還會幹出什麼大事的！」

蘇明煦愈說愈激動，最後狠狠瞪向凌月，並怒氣沖沖擺出中指，之後便頭也不回轉身離去。

看著蘇明煦逐漸縮小的身影，凌月並沒有想要繼續跟上的意圖，反而轉身背對蘇明煦陷入沉思。

這個蘇明煦到底和李宇龍有什麼樣的關係？先前那對行徑怪異的男女洪志勳與張鈺萍，他們口中所提到的「李宇龍」，似乎極有可能就是第二起電聯車爆炸案的受害者。從對話內容聽起來，那個「李宇龍」先前還是那對男女的夥伴，後來卻背叛兩人逃離而下落不明。不過，在電聯車上看到的中年大叔「李宇龍」，穿著打扮和行爲舉止，卻一點也不像個逃跑的人，難不成兩邊的「李宇龍」眞的是不同人？

電聯車爆炸案受害者「李宇龍」的亡魂，雖然喪失生前的記憶，但在亡魂接觸到蘇明昫後所出現的驚嚇行爲，尤其是亡魂魔化前的最後一刻，李宇龍依舊一臉驚恐指著蘇明昫。再加上剛剛詢問蘇明昫的反應，似乎可以判定爆炸案的受害者「李宇龍」和蘇明昫一定有著什麼樣的關聯。

如果李宇龍生前就很懼怕蘇明昫，而這個李宇龍又是那對男女的同夥，再加上那對男女對警察有所顧忌——

一個奇怪的念頭，在凌月腦海中一閃而過。

蘇明昫的情報搜尋能力似乎相當厲害，就連凌月及凄風在陽界的化名和行動都略知一二。第二起電聯車爆炸案發生時，似乎又使用高倍數望遠鏡盯著案發現場——

——難不成蘇明昫也和凌月一樣，正在追查這件案子嗎？

凌月輕輕搖頭，想要否定這樣的推測。目前線索不足，似乎也無法有更進一步的推論，尤其是亡魂「李宇龍」的身分，凌月並沒有用生死簿親自查過，只有聽凄風的護衛小鐵轉述。但從先前與李宇龍亡魂的互動中，發現他並沒有對「李宇龍」這名字特別排斥，甚至該說這名亡魂怪就怪在太過平靜。一直到遇見蘇明昫後，才有極大的情緒起伏，凄風與小鐵應該也沒有什麼動機需要這樣刻意欺瞞，藉故報上亡魂假名。

反倒是凄風與小鐵才是另一道更難解開的謎團，雖然魔判官的話語未必能夠相信，但凄風與小鐵的怪異行徑，卻也讓凌月不禁對兩人的身分產生懷疑。如此一來，亡魂「李宇龍」的身分也確實令人起疑，甚至先前對於蘇明昫及那對男女的推論都有可能需要全盤否定。

凌月愈想愈混亂，所有線索看似關聯，一下卻又變得支離破碎。實在無法繼續思考，只好暫時作罷。

再次望向蘇明煦離去的方向，已不見這名狂人的身影。再看看一旁的D銀行，營業大廳的自動門正好打開，走出了一名正在收拾存摺與收據的老先生。而透過敞開的大門，更可以瞥見營業廳內只有寥寥可數的零星客戶。

「先生，需要什麼服務嗎？」一名身穿D銀行制服的女行員，從銀行大門走了出來。

被這麼一問，凌月這才回過神來。眼前這名銀行行員面露親切笑容，手中還拿著一張印製精美的傳單，凌月瞥見傳單上印著大大的「低利貸款」四字。

「先生，眞的不用介意，我看你在門口徘徊很久——」女行員將傳單塞給了凌月。「現在貸款很划算的，我們資助過很多像你這樣的青年創業家，還有一些後來已經當到大老闆，都是我們的客戶——」

儘管凌月有些面露不耐，不過女行員還是繼續推銷著：「現在貸款很划算，只要身分證件還有收入證明，就可以快速核貸。」

凌月搖搖頭：「不好意思，我沒有這樣的需要——」

女行員還是不肯輕易放過，繼續自顧自地說著：「沒關係，借錢只是創業的開端，很多大老闆都是這樣起步的，我是眞的看你在門口徘徊很久——」

面對女行員滔滔不絕的強力推銷，凌月沒打算繼續再聽下去。偶一抬頭，發現眼前的銀行玻璃落地窗，因爲貼上隔熱膜，可以反射出凌月及女行員的身影。雖然色調較爲暗沉，不過影像倒也還算清楚。

儘管凌月已經沒有在聽，不過女行員還是繼續介紹自家的貸款有多划算。透過落地窗，凌月看到女行員手上剩餘的廣告傳單，突然雙眼一瞇，發現先前竟然沒有注意到一件顯而易見的細節。

或許「那個人」的證詞並沒有錯，錯的是大家先入爲主否決「那個人」所說的話，所以才會搞錯方向。這樣說來，「另一個人」可能眞的是爆炸案的「兇手」。

蘇明煦和洪志勳那對男女必然有著什麼關聯，蘇明煦先前的動作明顯就是在監視那對男女。不過那對男女卻對蘇明煦沒有特別反應，顯然不但沒有發覺被蘇明煦監視，更不認識蘇明煦，因此蘇明煦才能這樣大剌剌站在他們身後。當蘇明煦發現凌月的身影時，甚至還故意出聲破壞，刻意讓那對男女察覺凌月的行蹤。而那對男女不知道幹著什麼見不得人的勾當，對四周的人都相當提防，也因此對凌月特別存有戒心。

——一定還有什麼遺落的關鍵，可以將這些人都串聯在一起。

「存摺、金融卡——」凌月默默唸著，覺得有個念頭一閃而過，直覺「銀行」會是串聯這些人的重要關鍵。

低頭看著手上的貸款傳單，凌月突然雙眼微睜，趕緊走向銀行大門確認。

女行員並不知道凌月早就沒有在聽介紹，還以爲自己推銷成功，喜孜孜跟在凌月後頭，一起走進銀行。

「貸款的櫃台是在——」凌月轉身問著女行員。

「先生——」女行員面帶笑容說著。「這邊請、這邊請。」

「只需要身分證跟收入證明就可以嗎？」凌月再次提問。

女行員點點頭，覺得凌月已經上鉤，滿臉笑容說著：「收入證明如果公司沒有這種文書證件，可以用存摺的每月收支明細來替代——」

等到女行員帶著凌月來到放款部門，在櫃台邊看到了一名身穿白襯衫、西裝褲的年輕男子，正坐在椅子上埋首填寫資料。

「沒問題，這存摺借我印一下——」放款部門櫃台內的男行員，對著年輕男子說著。「存摺上每個月的薪資就可以當作收入證明，這些都辦理及審核完畢後，就可以將款項撥入您的戶頭——」

「先生，這邊請——」女行員對凌月親切地說著。「我去拿一些表格給您填寫——」

不過凌月並未依照女行員的指示前進，只是站在原地望著坐在櫃台邊的年輕男子，嘴角揚起充滿自信的笑容。

——這下所有的人、事、物，總算可以全部串聯在一起。

深夜，G公園早已沒有一般民眾的身影，就連在公園內的遊民也已倒地歇息。不過原本應該是個平靜的夜晚，此刻卻有一對年輕男女在公園內四處走著，好像在搜尋某人的身影。

——這對形跡可疑的男女，正是洪志勳及張鈺萍。

洪志勳開口問著：「要問涼亭裡躺著的那一個嗎？」

「當然，看到一個逼問一個！」張鈺萍緊皺眉頭說著。

洪志勳仗著體型優勢，一下就把睡在涼亭內的男遊民一把抓起問著：「有沒有看到李宇龍？」

「什麼？我不知道你在說什麼——」男遊民原本還睡眼惺忪，不過一睜眼便看到大塊頭的洪志勳，突然睡意全消，面露恐懼之色。

「哼，臭死了——」洪志勳把男遊民重重摔了回去。「你最好給我誠實一點，有沒有看到李宇龍！」

「我眞的不知道你在說什麼——」男遊民以顫抖的嗓音說著。

洪志勳突然瞪大雙眼嚷著：「李宇龍欠我一大筆錢跑走，你別想幫他！看清楚，我可是專揍遊民的『魔鬼阿勳』，你最好別想騙我！」

「什麼，你就是那個——」男遊民聽到洪志勳的稱號後，更是面部扭曲說不出話來。

張鈺萍因爲飄來陣陣惡臭，不想太靠近遊民，原本只是站在涼亭外觀看洪志勳的一舉一動，卻突然叫了起來：「啊！」。

聽見張鈺萍的尖叫聲，洪志勳趕緊從涼亭內跑了出來，一下就出現在張鈺萍身邊。男遊民見機不可失，趕緊趁機拎著家當，從另一頭快速離去。

「怎麼了？」洪志勳瞪大雙眼問著。

「他——」張鈺萍伸手指著前方，一名男子正站在遠方盯著他們。

——這名男子不是別人，正是陰陽判官凌月。

「媽的，陰魂不散！」洪志勳見到凌月糾纏不清，一臉忿怒直接衝向前去。

張鈺萍見狀後趕緊開口警告：「小心一點，他可能眞的是條子！」

「幹！」洪志勳沒有停下腳步，邊說邊向前狂奔。「我管他是不是條子，見一個揍一個！」

面對來勢洶洶的洪志勳，凌月絲毫沒有懼色，依舊站在原地動也不動。隨著洪志勳巨大身影的逐漸迫近，凌月竟反而露出冷笑。

「幹！」

洪志勳跑到凌月面前，二話不說直接使盡全力，一拳就往凌月臉上猛揮下去。

「哎呀，痛啊！」

洪志勳這一拳明明就扎扎實實打了下去，不但右拳異常吃痛，又有一股前所未有的冰寒。這股冰寒，以拳頭爲起始點，迅速擴散直衝全身上下，但凌月卻完全沒有受到波及，只是面露冷笑。

「哼，愚蠢莽漢——」

十三零手擺劍指，早在凌月面前築起一道橫跨陰陽兩界的青色屏障。這也是爲何洪志勳右拳碰觸後，會有異常冰寒的原因。只不過洪志勳因爲沒有陰陽眼，看不見十三零，更看不見這道青色屏障。

「你、你到底是誰！」洪志濃眉豎又問著。

「我是誰不重要——」凌月緩緩說著。

「可惡，少在那邊裝模作樣！」

洪志勳說完後，又再次出拳揮擊凌月，而且左右兩手不斷來回交替，但一樣還是那股冰寒直灌全身。見到凌月依舊毫髮無傷，氣喘吁吁的洪志勳，這下總算面露懼色，往後退了幾步。

剛好就在後退之時，洪志勳踩到一根廢棄鐵管，便直接彎身撿起大聲吼著：「看你這次還能怎樣！」

「鏗！鏗！鏗！」

洪志勳奮力揮舞鐵管，向凌月劈頭就是一陣猛打。儘管鐵管發出清脆的撞擊聲，但凌月面前似乎出現一道看不見的透明牆壁，這讓洪志勳更爲惱火，還特地繞到凌月身後攻擊，但十三零早有準備，也跟著在凌月身旁，使用靈力築起另外三道青色屏障，將凌月層層保護。

「嘻——」十三零見到洪志勳如此猛攻，突然笑了起來。「凌月大爺，你是有多令人討厭，這個莽漢是有多想揍你啊，不知道把屏障收起來會怎麼樣呢！」

「死老太婆，妳敢！」凌月狠狠瞪向十三零。

「你、你到底是誰——」洪志勳眼見手中鐵管早已打到彎曲變形，不過凌月依舊不爲所動。洪志勳這下總算發現凌月並非常人，扔下手中已然變形的鐵管，想要拔腿就跑，卻因爲心生畏懼，一時之間有些腿軟，反而走沒幾步就跌坐在地。

「洪志勳，你在找李宇龍是吧？」凌月緩緩向前走去，不過洪志勳急著想要起身，卻因心慌意亂怎麼樣也爬不起來。

「你、你爲什麼知道我是誰——」洪志勳顯得有些目瞪口呆。

不過凌月沒有回應，只是步步逼近。

「就跟你說不要隨便招惹警察吧！」張鈺萍見到洪志勳跌坐在地，以爲凌月是名身懷武術絕技的警察，儘管洪志勳力大無窮，卻還是打不過凌月。

張鈺萍話剛說完，便跑到洪志勳身旁想要攙扶，不過洪志勳的體型壯碩，自然並非一般女子所能使力拉起。儘管張鈺萍一心想要盡快帶著洪志勳離去，卻也只是徒勞無功。

「張鈺萍，你們在找李宇龍吧？」凌月見到洪志勳已經有些嚇傻，只好轉而質問張鈺萍。

「你、你怎麼知道我的名字！」張鈺萍瞪大雙眼問著。

凌月搖搖頭：「這不重要，妳是不是在找李宇龍？我知道他在哪——」

隨著凌月的接近，張鈺萍也開始愈形慌張，結結巴巴說著：「是、是啊，我、我們在他身上投資一堆錢，就這樣一聲不響跑走，那你倒是說說看他在哪裡！」

「哼——」凌月冷哼一聲。「李宇龍死了！」

好不容易站起身來的洪志勳，聽到這樣的訊息，只是瞪大雙眼說著：「什麼？死了？你怎麼知道！」

凌月繼續說著：「還有另一位『欠你們錢的人』，同時也是你們一直在尋找的人，也可以不用白費力氣尋找，因爲他也死了！」

「什麼！也死了！」張鈺萍臉色顯得十分慘白。「你怎麼知道我們也在找另一個欠我們錢的人，你到底是誰！」

凌月繼續向前走著：「我從你們手中握有一疊存摺和金融卡，就能知道你們在做什麼事了。」

「你、你是警察對吧！」張鈺萍已經急得快哭出來。「不，還是你是殺人魔，他們是被你殺死的！」

凌月搖搖頭：「我是誰眞的不重要，但我勸你們不要繼續再幹這種非法勾當，回頭我還是會找你們算帳的！」

「啊！」張鈺萍再也忍受不住，突然尖叫一聲，並不斷拍打洪志勳說著。「阿勳你在做什麼，不要讓他靠過來，他怎麼知道那兩個人死了，一定是騙我們的！他一定是條子，要來逮捕我們，他只有一個人，阿勳你快揍他啊，你那麼壯，怎麼可能打不贏他！」

「捧吧、捧吧——」十三零在一旁聽得樂不可支。「阿勳啊阿勳，快揍扁那討人厭的臭凌月！」

「哼——」凌月冷哼一聲，儘管身後的十三零刻意學著張鈺萍的口吻說話，凌月還是完全不想理會，只是繼續向前走去。

「快逃啊，相信我，他才不是什麼警察——」洪志勳臉色發白說著。「我不可能打贏他的——」

張鈺萍緊皺眉頭說著：「你那麼壯，怎麼可能——」

「因爲、因爲——」洪志勳瞪大雙眼說著。「因爲他不是人啊——」

「什麼意思？」

儘管張鈺萍難以置信，本還想繼續追問，但此刻人高馬大的洪志勳，竟然丟下張鈺萍轉身逃跑，讓張鈺萍驚叫一聲後，也只能跟在洪志勳後頭倉皇逃離。

「啊！」張鈺萍再次發出尖叫，因爲被凌月擋住去路。

凌月冷冷問著：「你們目前還有其他的『投資』對象嗎？」

「沒有、沒有——」張鈺萍一臉惶恐。「正在進行的就那兩個，但兩個都不見了——」

「藏身處眞的都沒有投資對象了？」凌月厲聲問著。

「阿勳是有再找另一個林——但——」張鈺萍還沒說完，見到洪志勳愈跑愈遠，急忙用力推開凌月，沒命似地向前狂奔。

「凌月大爺，不追嗎？」十三零飄到凌月面前問著。

「不需要——」凌月微微搖頭。「我知道他們會逃去哪裡，之前就是由此處開始，沿路跟監他們的行蹤。他們後來有回去過藏身處，今晚我是才從他們的藏身處，一路跟來這裡的。這兩個惡人，我之後還是會找他們算帳的！」

「嘻——」十三零伸手竊笑著。「他們到底幹了什麼壞事，嚇成那種樣子。男的看起來就像個地痞流氓，女的看起來也不三不四，都不是什麼好東西！」

「嗯——」凌月點點頭。「看來這對男女與爆炸案的關聯性總算可以確認——」十三零雙眼微睜問著：「什麼！他們也是負責『報帳』的人？」

凌月沒有理會，繼續往前走著，不過十三零還是飄到凌月面前說著：「臭凌月，你剛剛說他們是負責『報帳』的人，但他們跟李宇龍大叔有什麼關係？」

凌月注意到十三零只要提起李宇龍時，表情就變得相當哀傷。不過就連凌月對於李宇龍魔化的憾事都深感悔恨，更何況當時就在李宇龍身旁的十三零，可以想見她更是對此耿耿於懷。

「嗯——」凌月輕閉雙眼，過了好一會兒才又開口。「李宇龍生前是那對男女的投資對象，但他們並不知道李宇龍在幾天前的爆炸案中已經身亡，以爲是李宇龍逃跑，他們才會四處尋找——」

凌月還沒說完，十三零滿臉疑惑搶先插了一句：「『投擲』對象？那對男女太可惡了吧，爲什麼要對大叔亂丟東西，剛剛還看到他們在欺負叫化子，竟然也會欺負大叔，那對男女果然都不是好東西！」

「唉——」凌月輕嘆了一口氣。

原想說十三零很關心李宇龍的事情，才特別破例向十三零解說。不過因爲十三零眞的不是很懂現代人用語，看來再多解釋也是白搭。

「總之——」凌月不願再白費力氣多做解說，直接跳到結論。「我知道那對男女在搞什麼勾當，也可以理解爲什麼李宇龍死後的亡魂會有那樣了無牽掛的反應——」

「咦?爲什麼?」十三零輕皺秀眉問著。「那位大叔的亡魂確實和一般亡魂反應大大不同——」

凌月沒有回應，只是繼續走著，過了好一會兒突然雙眼一亮，開口對十三零說著：「那天電聯車上的爆炸案，攜帶爆裂物的兇手，就是我們同一節車廂中的乘客!之後恐怕還有一件重要的事得去做——」

「什麼!」十三零瞪大雙眼說著。「『報帳』案的什麼?是要去找『帳冊』嗎?」

「唉——」凌月無奈地搖搖頭。「沒事，當我在自言自語——」

第十一章

隔日夜晚，台中豐原車站外又出現一名帶著白狗的女高中生。

「死肥婆，妳確定那個北凌月眞的會過來嗎？」女高中生模樣的小鐵說著。

「會的、會的——」白狗模樣的凄風站在小鐵身旁說著。「凌月哥哥先叫我們在豐原車站外待命——」

這一人一狗的不遠處，還站著黃宏興的亡魂，不過因爲看見凄風與小鐵正在討論什麼要事，也就不敢隨意靠近。

「嘖——」小鐵顯得相當不悅。「都是妳聽那北凌月在胡說八道，害我昨晚深夜還去找遊民問話，妳這麼愛聽北凌月胡謅一通，怎麼不會自己去問就好！」

「怎麼可能——」凄風瞪大雙眼說著。「我這全身毛茸茸的模樣，是要怎麼跟人說話，一開口不嚇死人才怪！」

凄風回想昨晚深夜，依照凌月的請求到S公園尋找遊民問話。果然如凌月所言，這些遊民只要聽到「魔鬼阿勳」的名號，都避之唯恐不及。儘管凄風委託女高中生模樣的小鐵前去詢問，就算小鐵再怎麼粗魯直接，畢竟還是柔弱女子的外型。最後依照凌月的要求，請小鐵嘗試打著「魔鬼阿勳」的名號，命令遊民離開公園，遊民竟然就這樣乖乖離去，讓一旁目睹一切的凄風也有些傻眼。

小鐵繼續問著：「那個北凌月到底在想什麼？追查那個一不如意就會暴打遊民，讓遊民聞風喪膽的『魔鬼阿勳』，到底跟這兩起爆炸案又有什麼關係？聽起來那『魔鬼阿勳』格鬥技巧應該不錯，我倒想會會他，看他有多厲害！」

小鐵邊說還邊摩拳擦掌，不過凄風並沒有理會，反而伸出右前腳托著下巴，看著豐原車站玻璃窗所反射的燈光思考著。

「咦——」凄風突然雙眼一亮，而後又陷入沉思。

小鐵見到凄風沒有回應，語帶不滿說著：「死肥婆，發什麼呆，我講話都沒在聽啊——」

「等一下——」凄風伸出前腳制止小鐵繼續說話。「我懂了，我知道『魔鬼阿勳』和這兩起爆炸案的關聯，看來我們真的都誤會某人的證詞了！」

「什麼，死肥婆妳在發什麼瘋，淨說些聽不懂的話——」

「等等，我再確認一下我的推論——」凄風說完後，跑向一旁的黃宏興開始交談。不過由於尚有一段距離，小鐵也聽不清楚他們在說些什麼。

沒多久，凄風又再次出現在小鐵面前，難掩興奮說著：「我知道凌月哥哥要我們去調查的用意，也知道那晚爆炸案的兇手是誰了！」

「什麼？妳到底在說什麼？」小鐵滿臉疑惑問著。

不過小鐵還沒說完，就看到凄風拋下一頭霧水的小鐵，急急忙忙往豐原車站入口方向移動。

不一會兒，凄風回頭催促著：「快跟上，凌月哥哥出現了——」

還在遠處的凌月，也已發現淒風及小鐵。凌月向他們比了個手勢後，便悄悄進入豐原車站大廳，十三零也跟在凌月後頭，不過一般人無法看見。

「死廢鐵——」淒風停下腳步說著。「快把我裝進提籃，要跟在凌月哥哥後頭進車站了。」

「爲什麼？」小鐵儘管依照淒風的指示拿出提籃，卻還是覺得相當疑惑。

「快跟上吧——」淒風一臉嚴肅說著。

儘管小鐵還是不解，也只能先將白狗模樣的淒風裝進提籃，接著轉頭對黃宏興說著：「還不快跟上，要進車站了！」

進入車站後，淒風明顯可以看出凌月正跟著一名身穿白襯衫、西裝褲，以及手提公事包的中年男子。

「這人很像——」小鐵呢喃著。

「死廢鐵，不要吵——」淒風小聲說著。「破案關鍵出現了，專心跟著那名上班族模樣的中年男子，察覺異狀必要時就直接使出靈力吧！」

「啊——」小鐵聽到這樣的指令反倒有些訝異。

爲了避免在陽界引起不必要的騷動，會盡可能不在人類面前使用靈力，更何況是在眾目睽睽下發動，這倒讓小鐵有些懷疑，這名僞裝成上班族的中年男子可能會是異界人士。

繼續跟在中年男子上了車站二樓，小鐵手拿提籃通過月台閘門，一路踏上了北上列車的月台，而黃宏興雖然完全摸不著頭緒，也只能默默跟在後頭。

見到凌月也跟在中年男子附近，並在同一月台候車，手中還拿著手機對向中年男子的背影，看起來就像在拍攝中年男子的一舉一動。

原本趴附在凌月身上的十三零，這時發現女高中生模樣的小鐵，本想前來對小鐵挑釁幾句，但一下就被凌月制止，要她繼續緊盯中年男子。

這下小鐵更能確定，那名中年男子恐怕真帶有什麼對陽界的重大威脅，否則不會同時有兩名陰陽判官都要自己所屬的鬼吏緊盯這名可疑人士。

「那個——」黃宏興見到凌月與十三零想要打聲招呼，但察覺到氣氛有些詭異，又只能把話吞了回去。

「你不要吵——」小鐵發現黃宏興想要說話，不知道這名中年男子是否眞爲異界人士，可能會看見黃宏興，趕緊低聲警告黃宏興不要出聲。

「臭凌月——」十三零顯得相當疑惑。「剛剛那個惹人厭的小哥，到底送了什麼東西給這位大叔啊？」

不過凌月並未開口回應，只是悄悄指向前方的中年男子，示意要十三零專心盯著。十三零見狀後不再言語，乖乖聽從凌月的指示，神情嚴肅緊盯前方。

一台電聯車駛進月台，中年男子在電聯車停穩後，便慢慢走進車廂。

凌月跟在中年男子後頭也踏進車廂，小鐵見狀後也跟了上去。踏入車廂後，看見中年男子坐在車廂的長椅上，並將公事包擺在一旁的座位上。

這下小鐵總算可以清楚看見這名中年男子的樣貌，頭上頂著整齊後梳的頭髮，臉上沒有一絲多餘的鬍鬚，打扮相當一絲不苟。而身上的白襯衫更可說是相當潔白亮麗，不過沿著胸口同樣有著一條明顯的折痕。

雖然這名中年男子是個陌生面孔，不過服裝打扮簡直就跟前幾晚的李宇龍相同。

小鐵選擇在中年男子一旁的長椅上坐了下來，而凌月更早已在中年男子對面的長椅就坐，手上還是拿著手機，朝著中年男子的方向微微舉著，趴在凌月身後的十三零，依舊還是死盯著中年男子。

沒多久，車廂響起列車開啓的音樂，只見凌月微微轉頭向身後的十三零交代幾句，十三零便擺出劍指，築起一道道青色屏障。

「什麼——」小鐵雙眼微睜小聲說著。

中年男子對於身旁出現的一道道青色屏障絲毫沒有反應，臉上依舊還是那副愁眉苦臉的模樣。

小鐵原以爲這名中年男子可能會是異界人士，不過看來極可能只是普通人類，這下小鐵就更無法明白，爲何凄風與凌月要同時追擊這名看似普通的中年男子。

此時在提籃內的凄風也輕抓提籃發出聲響，向小鐵打著暗號。小鐵聽到後假裝察看提籃內的狀況，微微彎身湊了過去，看得出來凄風向小鐵低聲說了幾句話。

小鐵聽了以後雙眼微睜，接著才微微頷首。沒多久，坐在中年男子附近的小鐵，也悄悄伸手擺出結印手勢。

「喂，過來抓住我的緞帶——」十三零右手還是擺著劍指，不過揮舞左手向黃宏興說著。「只准抓我的緞帶，敢碰到本姑娘你就試試看！」

「呃——」黃宏興儘管滿臉疑惑，但看到十三零手擺劍指，弄出數道在他眼中看起來很模糊的青色屏障，再加上這幾天跟在小鐵身邊，已被小鐵調教成不敢多問、只敢照做的行爲模式，也就只能依照十三零的指示，輕拉著十三零的腰際緞帶。

電聯車開啓後，輕拉緞帶的黃宏興，一下就發現緞帶變緊，接著一股力量將他往前拉進。原來因爲黃宏興與十三零同樣身處陰界，當陽界的電聯車前進時，要不是因爲十三零趴附在橫跨陰陽兩界的凌月身上，十三零就會像上次一樣，並不會跟隨陽界的電聯車移動，而是被留在原地。

「呃——」黃宏興覺得這種感覺相當怪異，卻也不敢多言，只是盡可能依照十三零的指示，小心翼翼不要碰觸到十三零的身體。

電聯車慢慢進入加速階段，沒一會兒就以穩定的速度快速前進。

「唉——」

中年男子輕嘆了一口氣，轉頭看看身旁的公事包，一下又回過頭來。不過對於另一頭拿著手機的凌月，中年男子並沒有任何特別反應，只是閉上雙眼。

小鐵也察覺到，從進入車廂後，這名中年男子就完全沒有留意車廂內僅有的其他乘客，也就是凌月和自己。中年男子只是一副心事重重的模樣，好似周遭的一切都與自己無關，而他更不可能看到他和十三零所築起的重重屏障。

電聯車繼續向前行駛，小鐵覺得和幾天前的場景非常類似，不過這次除了中年男子以外的乘客，只剩下凌月、小鐵及淒風，當然還有身處陰界空間的十三零及黃宏興。然而中年男子絲毫沒有察覺自己已被圍捕，只是繼續閉目養神。凌月除了持續拿著手機對著中年男子拍攝外，更已伸出右掌喚出了生死簿，並將生死簿移向中年男子開始查詢，沒多久又將生死簿收了回去。

眼看就快要到達前幾天爆炸案發生的路段，十三零聚精會神又加了兩道青色屏障。小鐵見狀後也不敢大意，將屏障弄得更爲堅實。

小鐵雖然不知道凌月與凄風追捕中年男子的用意，但他有強烈的預感，這名中年男子將會是連續兩起爆炸案的重要關鍵。而前幾天的爆炸場景更可能就要重演，因此小心翼翼注視著中年男子的一舉一動。

果不其然，就在下一秒鐘，中年男子身旁出現劇烈的火光，並傳出震耳的爆炸聲響，原本還在閉目養神的中年男子突然睜大雙眼看了過去，並發出恐懼的驚叫。

「啊，一模一樣，我眞的沒有看錯！」黃宏興顧不得小鐵不許多言的禁令，只是大聲叫著。

爆裂物在十三零青色屏障的阻隔下，劇烈的爆炸全被封鎖在屏障之內，不過由於爆裂物本身威力強大，硬是被壓縮在狹小的屏障空間內，讓爆炸強度變得更大。十三零以靈力築成的青色屏障一下就被攻破，一瞬間化爲無數的青色碎片。

「糟了！」十三零瞪大雙眼驚叫著，完全沒想到爆裂物的威力會如此強大。

好在小鐵先前就在十三零的青色屏障之外，也使用靈力再加上數道屏障，這下剩餘的爆裂威力，又被小鐵的第二道屏障所阻隔。

原以爲第二道屏障足以阻擋爆炸威力，卻眼睜睜看著第二道屏障又慢慢出現裂痕，讓小鐵也不禁有些目瞪口呆，不敢相信這次爆裂物的威力竟會如此強大。

「糟糕——」小鐵緊皺眉頭說著。

原本還拿著手機持續拍攝的凌月，這下也發現情況與預想有些不同，卻也只能眼睜睜看著小鐵第二道屏障逐漸碎裂。

「可惡！」十三零發出驚叫。

眼看小鐵的第二道屏障就要破碎，十三零再次擺出劍指，想在小鐵屏障外圍再次築起青色屏障。不過爆裂物突破兩道屏障僅是電光石火之間的事，若不是小鐵早已事先準備，也先在十三零外圍築起第二道屏障，才得以形成第二層保護。十三零想要再次運用靈力架起第三道屏障恐怕為時已晚，爆炸的衝擊眼看就要突破第二道屏障波及四周的中年男子、小鐵、凄風及凌月。

「啊——」十三零再次驚叫。

儘管十三零已很快使出劍指運勁，想要再次築起第三道屏障，不過就在十三零完成前，小鐵的屏障還是先應聲碎裂。

眼看爆炸衝擊就要傷及四周的陽界形體，突然乍現幾道白光，硬是將爆出的衝擊又阻擋在第三道白色屏障內。經過三道屏障的重重阻擋，儘管最後第三道白色屏障也出現裂紋，但這次總算將爆炸衝擊完全壓制在屏障之內，只有部分圍在三道屏障內的長椅呈現焦黑狀態。

「呼——」提籃內的凄風長吁了一口氣。

還好在提籃內的凄風，一直處於待命狀態，見到十三零第一道青色屏障有些不對勁，早已擺出結印手勢，運勁築起第三道屏障。

中年男子見到一旁公事包突然爆炸燃燒，早已嚇得魂飛魄散，又看到爆炸範圍異常壓縮在一定範圍內，不久硝煙味與燒焦味才整個擴散出來，令中年男子更是百思不得其解。

「嘖，還好那隻狐狸精還算厲害——」十三零面露苦笑。「不過這次陽界烈火竟然比上次還要強大，我還特地用了更多靈力築起屏障，竟然還被突破，還好這次那對沒用的西凄風兩人總算有些幫助。嘖，看來在場的就只有臭凌月不會運用靈力來築屏障，眞的一點用處也沒有！」

凌月微微轉頭瞪了十三零一眼，手上還是持續拿著手機拍攝。

「我——」黃宏興想要開口，卻又把話吞了回去，只能拉著十三零的腰際緞帶，繼續隨著電聯車的前進速度向前飄移。

「噓！」十三零察覺一旁的黃宏興想要說話，趕緊轉頭制止。「等會兒還有好戲要看呢！」

「啊——」

中年男子微微轉頭，這才發現坐在對面的凌月，正拿著手機盯著自己，再看看身旁的女高中生，也瞪眼狠盯不動如山。

發生這樣的爆炸事故，儘管爆炸範圍異常狹小，也沒造成周圍人員的傷害，但這一男一女完全不爲所動，好似一切都在他們的預料之中，也讓中年男子開始心生畏懼。

一分鐘、兩分鐘過去，中年男子低頭瞄向對面，凌月雖然已將手機收起，但仍注視著中年男子的一舉一動，而一旁的女高中生也始終未將目光移開，但三人之間始終保持極爲反常的詭異沉默，彷彿什麼事也沒發生過。

由於電聯車快要抵達后里站，速度開始放慢下來。隨著下一站的接近，中年男子額上的汗珠愈滲愈多，就連白襯衫上都已出現一片片汗漬。

等到電聯車停下後，中年男子依舊低頭不語，就在車門開啓時，中年男子突然起身拔腿就跑。

「林廣弘，別跑！」凌月大聲叫著，中年男子雖然停頓了一下，還是繼續向前狂奔。

凌月早有準備，一下便急起直追，而女高中生模樣的小鐵，更是直接抓起提籃迅速跳起，一下就跑到車門之外攔阻，沒多久就一把抓住想要逃跑的中年男子林廣弘。

「我不知道，我眞的不知道——」林廣弘哀聲叫著。

「哼——」小鐵瞪大雙眼說著。「放置炸彈的現行犯，還想要賴嗎！」

「我——」林廣弘本來還想要辯駁，但看到凌月也伸手將自己拉住，只好垂頭喪氣不再抵抗，接著還伸出雙手靠在胸前併排著。

小鐵見到後挑眉問著：「你在幹嘛！」

「咦——」林廣弘滿臉疑惑問著。「不是要上銬嗎？你們不是便衣警察嗎？」

「哼——」凌月冷笑一聲。「我們是誰不重要，先出車站再說吧！」

沿路上三人沉默不語，林廣弘乖乖走在凌月及小鐵中間，因爲他先前已見識過小鐵驚人的速度與力氣，完全沒有逃跑意圖，更也不敢輕易嘗試。

離開車站後，一行人來到某處人煙稀少的空地，一直跟在後頭的黃宏興，終於還是忍不住開口問著：「他、他到底是誰？跟當晚李宇龍根本就如出一轍，我眞的沒有看錯，那時候確實有看到李宇龍身旁的公事包發出火光啊，他到底和李宇龍是什麼關係？」

「唉——」十三零一想起慘遭魔化的李宇龍及許建廷，忍不住輕嘆一口氣。「請耐心等待陰陽判官的解釋吧！」

小鐵聽見黃宏興又無視禁令開口說話，不禁微微轉頭瞪了過去，讓黃宏興不覺低下頭去。

在提籃內的淒風見狀後，忍不住開口小聲唸著：「死廢鐵，你真的不要對亡魂那麼壞，黃先生他也是枉死，當然會很想知道當初到底發生了什麼事啊！」

「哼，只會感情用事的傢伙——」小鐵心生不滿，特意將提籃用力來回搖晃。

「喂！」提籃內的淒風伸出前腳猛抓提籃表達抗議。

「哇塞——」十三零雙眼微睜，先是看著女高中模樣的小鐵，接著轉頭對凌月說著。「臭凌月，你要是敢這樣對我，我一定使出渾身靈力扒了你的皮！」

「我——」後頭的黃宏興突然停下腳步不再跟上，接著只是面露哀傷說著。「雖然我不該多言，但其實我剛剛目睹那一幕時，除了想起李宇龍外，我還是很想問——」

見到黃宏興的亡魂不再前進，凌月與小鐵也跟著停了下來，林廣弘見狀後也不敢繼續向前。

「我——」黃宏興先是低頭不語，接著開始不斷呢喃著。「明明就可以阻止的，你們是神，明明就可以像剛剛那樣，輕鬆阻止爆炸悲劇發生的——」

黃宏興這時總算抬起頭來，但眼神中帶有無比憤恨，瞪向凌月放聲叫著：「爲什麼受害的是我！你不是伸張正義的神嗎？」

「這、這怨氣好重啊！」十三零迅速擺出劍指，隨即燃起青色的地獄之火。「這倭國妖女和狐狸精，這幾天到底對亡魂做了什麼事，怎麼怨氣那麼深！」

白狗模樣的淒風見情況不對，早已跳出提籃嚷著：「死廢鐵，早叫你不要對黃先生那麼壞，這幾天他明明就有話想說，你卻都不讓他說話，積了那麼多怨氣，要是魔化怎麼辦——」

「哪是——」女高中生模樣的小鐵緊皺雙眉說著。「明明就是之前這亡魂還沒放下執念，就用靈力強行帶入靈界避難，這本來就可能會有這種反效果！」

林廣弘回頭撞見一隻白狗從女高中生手中的提籃跳出，還站立走路，更像是在開口說話。又看到凌月及女高中生都盯著前方一片黑暗停下腳步，其中白狗和女高中生後來看起來更像是在爭執，這怪異的景象，眞讓林廣弘只是瞪大雙眼無法理解。

「呸！小小亡魂也想造反！」小鐵伸出右拳準備喚出利爪，卻被一躍而上的凄風，伸出左右前腳緊緊拉住。

「死老太婆退下！」凌月吹熄十三零右手上逐漸燃起的地獄之火，並轉身制止小鐵，示意不要繼續向前，自己這才慢慢走向怒火中燒的黃宏興。

儘管黃宏興早已怒不可遏，凌月依舊不爲所動。等到停在黃宏興面前時，凌月只是微微抬頭凝視遠方，黃宏興見到凌月這樣的舉動，反而心生疑惑，卻又不敢妄動，明顯就在壓抑怒氣。

「世人多有誤會，神不是萬能的——」凌月說完後，輕閉雙眼沉默了好一會兒，才又再次睜眼開口說著。「就算是神——也有所不能——」

原本還極爲憤怒的黃宏興，聽到這句話後完全無法言語，不久竟別過頭去。

六界生靈受限於無法事先預測命運，即便是具備神格的陰陽判官，也只能事後追查，當然也就無法阻止前兩起的爆炸案件。

見到黃宏興稍微恢復冷靜，凌月這才繼續開口說著：「追查眞相，並替亡魂伸冤，這是我們陰陽判官的使命。很抱歉我們的能力並不足以事先預知會發生什麼事，剛才那件爆炸案，是因爲追查至今線索已經充足才能阻止，但我保證會揪出前兩起爆炸案的眞凶，好讓你能夠放下執念進入靈界——」

黃宏興這下總算回過頭來，不過只是一臉沮喪望向凌月，但依舊沉默不語。

女高中生模樣的小鐵突然轉身抓住呆立原地的林廣弘，而林廣弘原本就對兩人的對話內容聽得不是很懂，早就有些失神，這下又被女高中生抓住，著實讓他嚇了一大跳。

小鐵緊抓林廣弘後開口說著：「這個中年大叔不就是兩起爆炸案的兇手，剛剛不是還想要畏罪自殺嗎？這樣還需要去哪裡找什麼眞凶？」

「不——」凌月搖搖頭。「那兩起爆炸案的眞正兇手是『魔鬼阿勳』！」

「什麼——」林廣弘瞪大雙眼說著。「你怎麼會知道『魔鬼阿勳』，就是他啊，這一切眞的跟我無關！」

「什麼？」小鐵雙眼微睜，一下就鬆開緊抓林廣弘的手，並轉向一旁的凄風開口說著。「我就說難怪北凌月要我們去調查『魔鬼阿勳』，原來是這樣的關聯，看來眞的很想會會那『魔鬼阿勳』，到底是有多厲害！」

小鐵一想到這個讓遊民們聞風喪膽的「魔鬼阿勳」，就是整起爆炸案的主謀，眞想過去痛扁這個泯滅人性的惡棍。

「黃宏興，走吧——」凌月轉頭對著有些茫然的亡魂說著。

「判官大人——」黃宏興以極爲微弱的聲音說著。「要去哪？我眞的不知道該怎麼辦了？」

凌月微微頷首，接著開口說著：「去找那個『魔鬼阿勳』，找那個眞正的『魔鬼』算帳吧！」

第十二章

夜晚，無人的山頭上只有陣陣涼風吹拂，還有風吹葉動的窸窣聲響。

黑暗之中，一名男子的身影不斷在山頭平台上來回踱步。

「不用再等了，你今晚已經失敗了——」

凌月突然出現在男子後頭，指著平台上的高倍數望遠鏡冷冷說著。

男子見到凌月先是一臉詫異，而後露出訕笑說著：「死cosplay的，來這裡幹嘛！」

「蘇明煦！」凌月指向眼前的這名男子說著。「你就是眞正的『魔鬼阿勳』，連續爆炸案的主謀就是你！」

「哼——」女高中生模樣的小鐵從凌月身後走了出來。「原來這個瘋子就是『魔鬼阿勳』，太讓人失望，先前一拳下去就倒地不起，倒是有什麼好怕的！」

小鐵本來還想上前揍人，但卻被白狗模樣的凄風伸出右前腳一把拉住。

「什麼——」十三零驚訝地說著。「這個瘋狂小哥竟然就是那破壞移動的房子殘忍殺手！」

蘇明煦來回打量凌月及小鐵，只是露出詭異的笑容，過了好一會兒才開口說著：「沈凌月，你到底在說什麼？我知道你捲入過P大民俗學系的命案，但不代表你眞的就是偵探！你以爲身旁的女高中生是偵探助理嗎?cosplay也該有個限度吧!」

凌月搖搖頭，拿出手機對著蘇明煦播放一段影片，影片中出現一名戴著鴨舌帽的快遞扮相男子，手中拿著一箱紙盒，走進一棟老舊公寓。沒多久，這名男子又再次從公寓門口現身離開，不過手中已經空無一物。這名男子刻意將帽緣壓得很低，不過儘管經過變裝，還是可以明顯看出這個熟悉的身影是誰。下一段影片則是老舊公寓門口內，走出一名滿臉愁容的中年男子，這名中年男子身穿白襯衫及西裝褲，手中還提著公事包。

影片隨後跳到中年男子坐在電聯車車廂內的長椅上，中年男子身旁還有他所攜帶的公事包。過了一會兒，放置在長椅上的公事包竟爆炸燃燒，所幸爆炸範圍十分狹小，僅有部分座椅遭到爆炸波及。儘管蘇明煦刻意裝作毫不在乎，凌月還是察覺到，在影片播到公事包爆炸範圍異常狹小時，蘇明煦眉頭不覺輕皺了一下。

「哼——」蘇明煦露出極爲不屑的眼神。「給我看這搞笑的整人影片幹什麼?」

凌月向後頭比了個手勢，黑暗中出現影片裏頭的男子身影，便是上班族打扮的中年男子林廣弘。

「公事包是不是就是他給你的——」凌月指向蘇明煦，並對林廣弘說著。

林廣弘一臉疑惑走向前去，先是輕瞇雙眼，接著開口大聲嚷著：「對、對、對，就是他，說什麼『魔鬼阿勳』叫他拿給我的——」

蘇明煦微微一笑，接著刻意學著林廣弘以極爲慌張的口氣說著：「對、對、對，是我拿給你的，但也是『魔鬼阿勳』託我拿給你的，反正報酬優渥我就照做，我也不知道紙箱裡裝的是什麼，還有什麼問題嗎?」

林廣弘看到蘇明煦如此狂妄的模樣，不由自主向後退了幾步，一下子就又躲到凌月及小鐵後頭。見到蘇明煦還想裝傻，凌月只是微微搖頭，接著開口說著：「蘇明煦，事到如今你還想狡辯！」

「哼——」蘇明煦嗤笑一聲。「沈凌月，我倒想聽聽，你爲何一口咬定我是爆炸案的主謀？我要如何去放置炸彈又全身而退！」

「可惡！我根本就不認識你——」黃宏興的亡魂，突然現身在蘇明煦身旁，並狠狠瞪向這名殘忍的殺手，不過蘇明煦因爲看不見亡魂，所以根本沒有反應。

「黃先生，先不要激動啊——」白狗模樣的凄風跑向前去，將黃宏興的亡魂拉了回來。

由於蘇明煦看不見黃宏興的亡魂，只見到白狗模樣的凄風站立走路迎面而來，接著又轉身走了回去，忍不住開口說著：「死cosplay的，你們果然又是這個馬戲團班底！」

黃宏興被凄風拉回後，女高中生模樣的小鐵明顯壓抑怒氣，輕瞇雙眼盯著黃宏興。因爲有過多次被凄風制止欺負亡魂的經驗，小鐵也不敢再多說什麼。儘管如此，因爲黃宏興自始至終對小鐵都相當畏懼，還是不覺低下頭去。

「死廢鐵，你還敢——」凄風顯得相當不悅。

小鐵不待凄風說完，早已搶先開口說著：「哪有啊，我只是跟他一樣很疑惑，爲什麼這個蘇明煦會是整件爆炸案的兇手？明明就弱不禁風，北凌月又一直稱他是那個讓遊民聞風喪膽的『魔鬼阿動』——」

「嗯——」凄風伸出右前腳陷入沉思，沒多久才又開口。「我是知道整起連續爆炸案的經過，但礙於現在這副毛茸茸的模樣，也不好說出我的推理。假如陰陽判官西風那愚蠢的鬼吏廢鐵，突然變異常聰明，這要是傳出去的話，可能也會被人懷疑我們互換眞實身分，你還是靜靜等待凌月哥哥的解釋吧——」

「什麼，妳才愚蠢吧——」小鐵瞪大雙眼說著。

不過就在淒風及小鐵爭吵之時，凌月早已開始對整件案子的推論：「第二起爆炸案，是在現場的目擊者告訴我的，爆炸火光就是從其中一名死者李宇龍身旁的公事包所散發出的，就像我剛剛給你看的那段影片——」

凌月微微轉頭，並看了黃宏興一眼，才又繼續說著：「當初這名目擊者說看到李宇龍右邊的公事包起火爆炸，但因爲當時我和她都在現場，看到公事包是在李宇龍左手邊，所以才沒有採信這名目擊者的證詞，以爲可能是他搞錯。但我們都犯了一個很簡單的錯誤，就是目擊者當時是背對李宇龍站著，他還能夠看到爆炸的那一瞬間，很明顯不是直接看到，而是透過車窗玻璃的映射所看到的景象，自然就會左右相反，所以這名目擊者的證詞並沒有錯——」

「哈——」蘇明煦縱聲大笑。「什麼叫做目擊者，又什麼叫作你也在場看到，爆炸威力那麼強大，列車都斷裂了，要是你們也在那節車廂，怎麼可能還活著——」

「哼——」凌月露出冷笑。「我有說過目擊者還活著嗎？這些證詞都是目擊者黃宏興的亡魂告訴我的，這名被你所害的亡魂，現在就站在你面前盯著你的一舉一動。我之前說李宇龍的亡魂緊跟著你，我也沒有騙你——」

見到凌月眼神堅定訴說這些怪事，一點也不像在開玩笑的樣子，倒讓蘇明煦雙眼微睜，倒吸了一口氣。

「你少來，又想嚇唬我，我可沒那麼笨再被你騙——」蘇明煦先以極為戲謔的口吻說著，但沒多久突然瞪大雙眼繼續開口。「難道、難道那個女高中生就是當晚在爆炸車廂中下落不明的失蹤者——」

小鐵見到蘇明煦指向自己，往前一步開口說著：「哼，到現在你才發現，眞是愚蠢的人類！」

蘇明煦緊皺雙眉猛搖頭：「不可能、不可能，難道你要說你有陰陽眼，別傻了，你們又想聯手騙我對吧！」

凌月見到蘇明煦面露驚慌之色，只是繼續冷冷笑著。

過了好一會兒，蘇明煦總算恢復冷靜，再次抬起頭來說著：「沈凌月，那你倒是說清楚，既然第二起爆炸案引爆炸彈的兇手是你說的那個李宇龍，到底又和我有什麼關係？我只承認我有依照『魔鬼阿勳』的指示送了包裹給躲在後頭的中年大叔，其餘的我可是一點也不清楚——」

凌月搖搖頭：「李宇龍並不是兇手，他只是像今晚林廣弘一樣，被你利用的無辜工具人罷了！」

「你在說什麼，我眞的都聽不懂！」蘇明煦刻意聳肩說著。

「這三起連續爆炸案的關鍵就在於『魔鬼阿勳』——」凌月以相當銳利的眼神盯著蘇明煦。「我一開始也想不通，兇手是如何擺放爆裂物又全身而退，甚至懷疑第一起爆炸案的兇手就在死者之中。直到親眼目睹第二起爆炸案時，這才察覺連續爆炸案的背後，一定還有一個心思細膩的主謀。第一起爆炸案同樣也有一名上班族模樣的中年男子，雖然我不在場，但我想這名中年男子一定也是攜帶了公事包炸彈上了電聯車——」

蘇明煦不待凌月說完，已緊皺眉頭插了一句：「你到底在說什麼，第一起爆炸案還有一名死者至今身分不明，你還講得跟眞的一樣！」

「哼──」凌月冷笑一聲，才又繼續開口說著。「同樣也是第一起爆炸案受害者許建廷的亡魂告訴我的。」

「有完沒完啊，你到底在說些什麼！」蘇明煦詫異地說著。

凌月沒有理會，只是繼續說明：「連續兩起爆炸案都有穿著白襯衫及西裝褲的中年男子出現，再加上受害死者黃宏興的證詞，讓我更能確認兩起爆炸案攜帶爆裂物的，就是這兩名相同打扮的中年男子。那晚看到李宇龍身上的穿著，雖然白襯衫相當新，但胸口有一條明顯的折痕，西裝褲也是，看起來就像是直接穿上剛拆封而未經過清洗和熨燙的新衣和新褲。而李宇龍臉上的鬍子雖然刮得相當乾淨，但嘴邊皮膚微微發紅，顯然就是不久前才剛刮過鬍子。頭髮雖然梳得整齊，但過量的髮油總顯得有些不是很自然，整個打扮像極今晚的林廣弘。可以想見他們平常的裝扮並不是這樣，而是臨時變裝成這種模樣。逆推回去的話，就是頭髮凌亂、滿臉鬍鬚而又可能穿著破舊，再加上李宇龍的亡魂了無牽掛，好似陽界本來就沒有什麼值得他留戀的地方，我就直覺想到他可能和台中公園遊民連續毆打事件有關──」

「什麼，難道說李宇龍是遊民──」小鐵雙眼微睜說著，一旁的凄風只是微微點頭給予回應。

「咦──」十三零在看到凄風的暗示後，滿臉驚訝問著。「李宇龍大叔衣裝那麼整齊，怎麼可能會是叫化子？」

「還有這個林先生也是遊民。」凄風指著林廣弘補充說明。

「那他們爲什麼要打扮成上班族的模樣？」小鐵繼續追問。

凌月開口說著：「我當初一直想不透，爲何第一起爆炸案時，兇手竟然會選擇在有警察，尤其還是穿著警察制服的許建廷在場時引爆炸彈，難道都不怕爆炸前就先遇到這名員警前來盤查。儘管許建廷一上車就因爲太過疲累而睡著，如果凶手不是逼不得已，一定得在那節車廂引爆，至少還是可以選擇移動到其他車廂。後來想想，還有一種可能，就是攜帶爆裂物的人，根本就不知道自己攜帶的是什麼東西。李宇龍和林廣弘還有第一起爆炸案的遊民，都是『魔鬼阿動』叫他們僞裝成上班族模樣後，再攜帶爆裂物到電聯車上，但他們根本就不知道公事包內裝了什麼東西——」

「是啊——」蘇明煦露出極爲詭異的笑容。「我也是『魔鬼阿動』叫我今晚去送包裹的，前幾次我可不知道他找誰去送的，我也不知道包裹裡究竟裝了什麼東西。」

「哼——」凌月冷笑著。「你想說我應該知道『魔鬼阿動』是誰吧？那個讓台中遊民聞風喪膽的『魔鬼阿動』就是洪志動。既然是他叫你去送包裹，他怎麼可能不認識你？前幾天你在D銀行門口監視他們，他們根本就不認識你，反倒他們還知道我是誰。因爲你認得洪志動和張鈺萍兩人，但他們兩人並不認識你，而洪志動雖然就是那個會爆打遊民的『魔鬼阿動』，但在連續爆炸案中扮演關鍵腳色的『魔鬼阿動』反而是你，眞正的魔鬼蘇明煦！」

「又來了、又來了，聽都聽不懂——」蘇明煦不懷好意猛搖頭。

凌月繼續說著：「洪志動和張鈺萍是同一個犯罪集團成員，張鈺萍是其中負責詐騙手法的首腦，而洪志動則是負責威脅遊民的暴力分子。只要遊民不聽從指示，就會由洪志動施以暴力威脅。他們兩人只要挑選適當人選後，就會迫使遊民聽從他們指示，更衣梳洗變裝，甚至提供老舊公寓的租屋處藏身，將遊民僞裝爲一般上班族。再幫被選中的遊民在不同銀行開戶，按月匯入假薪資，就是要僞裝成收入穩定的上班族，甚至是公司高薪的管理階層，好能在管理較爲鬆散、極缺貸款客戶的小型銀行詐騙借款。由於借款需要本人親臨銀行辦理，銀行也是藉由面談了解貸款對象，但這些被選中的遊民早就被迫聽從兩人威脅，只能乖乖照做，藉以騙取銀行撥款。雖然前置作業與訓練需要投入很多時間和精力，甚至銀行完成撥款後，還要先按月繳息，等到這兩人完成多件遊民借款詐騙後，必然計畫一次將所有銀行撥款全數領取，之後再同時收網倒帳跑路，銀行最後也只能追到人頭身分的遊民。因爲前置費用及利息費用，和最終所能詐騙的款項相比，投資報酬率極高，因此這些被選中的遊民，就是這兩人極爲重要的『投資對象』。」

「嗯——」蘇明煦點點頭。「聽起來很有趣，但這些犯罪關我什麼事？」

「就是與你息息相關——」凌月雙眼炯炯有神說著。「因爲洪志勳與張鈺萍的前兩個『投資對象』，包含第二個李宇龍在內，都是『魔鬼阿勳』要他們拿著你送去給他們的炸彈公事包，搭上西部鐵路的電聯車指定班次。一定還特別交代不准隨意打開公事包，隨時都有人監視，所以他們就在不知情的情況下，成爲攜帶爆裂物的受害者。」

「哼——」蘇明煦戲謔地笑了起來。「聽起來還是跟我無關啊，他們怎麼可能聽一聽我送貨員講講話就相信？不然你問問你後面那位大叔，我只不過送個包裹過去，又沒多說什麼——」

「這——」林廣弘原本還躲在後頭，聽到被蘇明煦點名後，遲疑了一會兒才又開口。「他、他確實只有說是『魔鬼阿勳』託他送包裹過來，其餘的指示都是『魔鬼阿勳』交代的。『魔鬼阿勳』要我今晚攜帶公事包在豐原車站搭上某一班北上的電聯車，過程中完全不准偷翻公事包，這點絕對會派人嚴密監視，還指示一定要坐在至少有兩名其他乘客的車廂中。我想連續爆炸案的主謀，恐怕眞的不是這位年輕人，他可能跟我一樣都是被『魔鬼阿勳』脅迫或利誘的受害者——」

蘇明煦聽了林廣弘的說明後，只是露出了詭異的笑容說著：「我早說嘛，我只負責送貨，還想誣賴我，我也是不知情的受害者啊！」

「確實——」凌月點點頭。「你只有送包裹過去，攜帶爆裂物搭車的計畫，的確都是『魔鬼阿勳』所指示的——」

「什麼？」小鐵一臉驚訝，來回看著凌月及蘇明煦，不過兩人竟都不約而同露出充滿自信的笑容。

❧ ☙

「死cosplay的，知道就好，就說跟我無關嘛——」蘇明煦訕訕地說著。

凌月沒有回應，接著轉身對林廣弘開口問著：「你說的『魔鬼阿勳』，這次應該是透過手機對你下達指示，並不是當面對你說的吧？」

林廣弘點點頭，沒多久凌月再次轉身對蘇明煦繼續說著：「蘇明煦，真正的『魔鬼阿勳』就是你，洪志勳和張鈺萍的手機通訊軟體帳號早就被你入侵，你原本就擅長資料蒐集及竊取帳號，所以對這兩人的詐騙計畫和被選定的遊民行蹤都瞭若指掌。這兩人本來將選定的遊民擺在藏身處後，不可能隨伺在側進行監控，就是用配給遊民的手機通訊軟體下達各種指示。你在送達包裹的前後，要假借『魔鬼阿勳』的帳號傳達攜帶爆裂物搭車的指令，對你來說太輕而易舉。這兩人對選定的遊民供吃供住，一方面施以利誘，另一方面只要遊民不肯合作，洪志勳就會加以施暴，就這樣在恩威並施下，儘管遊民不知道攜帶公事包搭電聯車的目的爲何，只要是『魔鬼阿勳』的指示，就算再不情願，也不敢多問，只能照做不誤。」

蘇明煦微微搖頭，而後才又開口說著：「死cosplay的，你講得跟眞的一樣，那你說說，就算都如你所說的，遊民依照指示攜帶爆裂物搭車，但西部鐵路時常出現誤點的狀況，定時炸彈如果在他們搭上車前就爆裂呢？」

這次換凌月搖頭說著：「其實你這種無特定對象的惡意殺人，炸彈在哪裡爆裂對你來說都沒有差別，但你計畫在狹小車廂爆裂，一方面是因爲車廂內的人受到波及很難倖存，而目前車站月台及列車上並沒有監視器，事後警方也很難認定是誰攜帶的爆裂物，所以你會盡可能避免讓爆裂物在列車外引爆；另一方面你爲了能親眼目睹自己的傑作，就像你這兩次都在這座山頭，以高倍數望遠鏡在此處等待。我不知道你是怎麼知道爆裂物的製作方式，可能透過上網搜尋或是參考相關書籍，再自行設計結合GPS位置的啓動程式。這點目前手機的程式就能做到GPS定位點提醒功能，你只要再將程式改寫，當爆裂物抵達某些特殊位置時，程式就會啓動爆破，這對你來說都不是太困難的事。第一起爆破案只是嘗試，從第二起到今晚的這次，你都設定在豐原站到后里站中間路段就會啓動爆破，倒是沒想到今晚你又再增加爆裂物的威力，而且——」

不待凌月說完，蘇明煦直接開口說著：「你又再說什麼？剛剛影片中的公事包根本就沒有爆破，就冒冒煙而已，看起來像整人節目的搞笑影片，還扯什麼爆炸威力更強！」

「哼——」凌月冷笑一聲。「還想裝蒜？你倒是要如何解釋後兩次爆炸事件你都恰巧在這座山頭，而你的高倍數望遠鏡也都可以恰巧對準案發的位置。今晚的爆破是被我們攔阻才沒有成功，不要繼續在那邊裝傻了！」

「嘖——」蘇明煦緊皺雙眉說著。「攔阻？說得這麼好聽，我看是那爆裂物的設計者沒弄好，那個公事包可能是個瑕疵品罷了。你們不過幸運逃過一死，竟然還敢說是你們攔阻的。況且你大費周章編織那麼多虛構的劇情，到底有什麼證據可以證明你的推論！」

小鐵眼巴巴期盼凌月說出答案，不過凌月反倒就此沉默下來。

「沒有——」凌月停頓了好一會兒後，總算輕輕搖頭說著。「蘇明煦，我知道你很狡詐，我想你也會非常小心，盡可能不留下任何證據。駭進洪志勳和張鈺萍的手機帳號，我不知道能追查到多少證據，這也非我能力所及。幾經思考後，才決定錄下今晚這段影片，我會寄給相關單位，就讓你自己去跟警方說明吧，不然你和這連續爆炸案看似沒有任何關聯，但有這段影片還有林廣弘的證詞，想必你也很難全身而退。況且我也不需要什麼直接證據，我只想聽你親口承認你是兇手，我就可以直接制裁你這種惡徒！」

蘇明煦先是咧嘴一笑，而後突然瞪大雙眼怒吼著：「笑話！沒有證據還想假扮偵探！」

「哼——」凌月輕瞇雙眼盯著蘇明煦，突然一陣輕煙圍繞，沒多久幻化為長髮漢裝的陰陽判官原形。

後頭的林廣弘見到凌月突然有了變化，儘管感到十分困惑，尤其是小鐵身旁還有一隻雙腳站立又會說話的白狗。再看到凌月的變化，雖然始終不知道凌月與小鐵的眞實身分，但兩人看起來也不像壞人，會說話的白狗也只能解釋爲女高中生的腹語，這下又看到凌月突然變裝，見怪不怪也就沒有再多說什麼。

「又來了，又來了——」蘇明煦不懷好意笑著。「你這死cosplay的，別以爲會魔術手法變裝就想嚇唬我——」

「蘇明煦——」凌月說話的同時，已伸出右手喚出了生死簿。「你承不承認你就是這三起連續爆炸案的兇手，我只問你承不承認！」

「哈、哈、哈，影片儘管寄吧——」蘇明煦放聲大笑。「承認、我承認、我當然承認，但別跟我說你身上還有密錄器，就是拍下我承認是兇手的影片。別白費力氣了，因為我本來就不打算有所隱瞞，那個什麼『魔鬼阿勳』二人組，眞是有夠智障，簡簡單單的釣魚簡訊，所有的帳號密碼就輕鬆到手。最近也打算向世人昭告我的所有經過，剛剛不過是想試探你假扮偵探的能力罷了！」

面對蘇明煦直截了當承認自己的犯行，倒讓凌月有些訝異，一時之間不知道該如何回應。

「哼——」十三零再也按捺不住，語帶氣憤說著。「我說凌月大爺，還等什麼，李宇龍大叔還有官差許建廷就是被他所害，這個泯滅人性的畜生都已經親口承認罪行，『奪魂』條件已經達成，還不直接進行『奪魂』！」

「你！太可惡，爲什麼要殺我？跟你又沒過節！」黃宏興的亡魂見到蘇明煦已承認就是殺害自己的兇手，又出現在蘇明煦身旁大聲吼著。

「蘇明煦——」凌月繼續伸出右掌，將生死簿移向蘇明煦面前，生死簿一下就開始迅速來回翻頁。

「我雖然知道兇手是你，也知道你的犯案手法，但我實在不知道你犯案動機是什麼？前兩起爆炸案的受害者除了被你所利用的遊民外，其他人都毫無關聯，經過今晚的第三起爆炸案後，同節車廂只有我和她，我更能確定你是隨機殺人，這些受害者都跟你無冤無仇，你爲何要痛下毒手？」

「哼，誰說犯案一定需要動機——」蘇明煦戲謔地說著。「我就是想殺人，我就是想做出震驚社會的大事，怎麼樣，你又能拿我如何！」

「臭凌月，還遲疑什麼——」十三零雙眼睜得奇大，輕推凌月肩膀說著。「快點進行『奪魂』啊，這人根本瘋了，我不想再看到他那副令人作嘔的嘴臉！」

「哼，根本垃圾一個！」一旁的小鐵也已忍受不住，一下就喚出左右兩手的利爪武器。

凄風見狀後一把拉住小鐵低聲說著：「死廢鐵，就跟你說交給凌月哥哥處理，不要插手，先把黃先生拉回要緊。這蘇明煦恐怕不是一般正常人，還是不要讓黃先生太靠近，免得累積更多怨氣！」

見到小鐵不為所動，只是狠狠瞪向蘇明煦，凄風只好自己前去將黃宏興拉回看好。

凌月輕閉雙眼，思考了好一陣子，沒多久突然縮回右手，並將生死簿收了回來，接著開口說著：「蘇明煦，這些無辜的受害者難道不可憐嗎？該不會你只是想入魔就可以這樣隨機濫殺無辜？」

「當然不可憐，他們本就該死——」蘇明煦擺出一副毫不在乎的模樣。

「可惡！」黃宏興雖然被凄風一把拉住，但聽到蘇明煦這樣的言語，根本無法忍受，想要再次衝向前去，不過凄風已動用靈力將黃宏興緊緊拉住。

凌月見情況不對，回頭對女高中生模樣的小鐵說著：「凄風判官，我看這邊就交給我處理好了，這個蘇明煦並非正常人，妳還是先帶黃宏興離開，不然恐怕會有不良影響，我一定會想辦法讓他放下執念的。還有林廣弘這個重要的證人，也麻煩凄風判官一併帶走，蘇明煦就交給我來處理吧！」

「哼——」小鐵伸出左右利爪，異常憤恨說著。「可是我想痛扁他耶！先等我扁完再『奪魂』好不好！」

「沒有啦、沒有啦——」凄風見狀後，儘管前腳拉著黃宏興，還是趕緊跳出來說著。「凌月哥哥，沒問題的，我跟凄風判官這就帶著林廣弘跟黃宏興先離開——」

「哼，算了、算了，走啦、走啦——」小鐵原本還百般不願，但看到淒風堅定的神情，只能一臉不悅對林廣弘說著。「反正蘇明煦那垃圾我也看不下去了！」

白狗模樣的淒風先是對凌月露出苦笑，接著便以右前腳拉著黃宏興的亡魂，左前腳推著女高中生模樣的小鐵慢慢離去。

儘管林廣弘一直看不見凌月及淒風所說的黃宏興到底在哪，但還是跟在女高中生及一隻白狗後頭快步離去。

十三零見到淒風一行人離去後，凌月卻還是沒有動作，緊皺秀眉飄到凌月面前說著：「臭凌月，你在做什麼，這種泯滅人性的惡人都已經承認自己的罪行，快直接『奪魂』啊！」

凌月看向十三零好一會兒，接著眼神堅定說著：「這個連續爆炸案已經驚動整個社會，我想不能就這樣透過『奪魂』直接結束，必須讓他在陽界接受該有的懲罰，讓大家知道他的犯行還有動機，才能對整個社會大眾有所交代！」

「笑話，什麼該有的懲罰！」蘇明煦因爲看不見十三零，以爲凌月是在對自己說話，以極爲不屑的口吻說著。「你以爲我會對林廣弘做出什麼來湮滅證據嗎？還急急忙忙叫你的助理將他先帶走。根本不用你在那邊假扮偵探，我說過的，我本來就打算去自首，然後再裝個精神不穩和不知道後果那麼嚴重，又表現出一副很有悔意可教化的樣子。再加上我沒有前科，我想也不會判得多重，這就是台灣的司法，沈凌月你就好好看著吧！」

凌月搖搖頭：「我調查過，你不過是個普通的大學生，家境也還算不錯，光看你那高倍數望遠鏡就可以知道非常昂貴。是什麼讓你對大家這麼不滿，要做出這種傷天害理的事！」

「我，普通大學生？」蘇明煦緊皺眉頭說著。「沈凌月你也太小看我了吧！我跟你說過，我就是想入魔，人性算什麼？我這是哪門子的泯滅人性？我本來就沒有人性！」

凌月沒有回應，只是點點頭，過了一會兒才又開口說著：「那我再問最後一個問題，如果你的父母也在這幾次爆炸的車廂中，你還會放置炸彈嗎？」

蘇明煦看向遠方，遲疑了好一會兒，才又開口說著：「開什麼玩笑，我照殺不誤，我就只是想殺人！我的父母不過是普普通通的愚蠢人類，充其量就是製造我人類肉體的工具罷了，我有入魔的神聖任務，別把我跟這些螻蟻之輩相提並論！」

「蘇明煦，你根本就不配做人！」凌月緊皺雙眉大聲斥著。

「我就是最討厭你們這種自以爲正義的白痴，根本輪不到你來說教！」

蘇明煦說完後，從懷中掏出一把短鎗，並露出詭異的笑容：「沈凌月，我就是要入魔，看看是你那虛假的魔術厲害，還是我這把自行改造的手鎗厲害！」

面對蘇明煦瞄準自己的鎗口，凌月絲毫沒有懼色，僅是微微別過頭去，沒一會兒便繼續對蘇明煦說著：「蘇明煦，我早就跟你說過，你連化妖的資格都沒有，更別妄想成魔。幾天前在這邊初次相遇，你那時周邊都是魔，卻沒有魔把你放在眼裡，魔對你這種廢物根本就不屑一顧！」

「媽的！聽你胡扯！」蘇明煦說完後再次高舉鎗口對準凌月。

凌月依舊不爲所動說著：「你只敢躲在後頭遙控殺人，你那麼想入魔，你就直接親自動手，不要只會借刀殺人，就堂堂正正親自動手殺人吧！」

「沈凌月，你別以爲我不敢！」蘇明煦大聲怒吼著。

「開鎗吧！」凌月將右掌伸直，並將掌心對準蘇明煦鎗口瞄準的相對位置。「看是我的魔術厲害，還是你的手鎗厲害！」

「別以為我真的不敢！」蘇明煦舉鎗的右手顯得有些顫抖。「我這是改造過的真鎗實彈，你自己嘗嘗看吧！」

「那就快開鎗，還猶豫什麼！」凌月繼續催促著。「你只敢躲在這裡，透過望遠鏡鏡頭偷看，或是透過新聞畫面來沾沾自喜，你以為這是電影還是電玩，你幹的事都是血淋淋的真實命案！你根本就沒膽親自在被害者面前直接動手，這樣還妄想成魔！」

「你、你！」蘇明煦一時氣結有些說不出話來。

「砰！砰！砰！砰！砰！砰！」

蘇明煦不開鎗則已，一扣下扳機便朝凌月身上連開六鎗。

巨大的鎗響劃破寂靜的山頭，刺鼻的硝煙味一下就湧進蘇明煦的鼻腔。不過凌月依舊伸直右掌站在眼前，身上毫髮無傷，反倒是那六發子彈全都掉落在凌月面前，讓蘇明煦瞪大雙眼難以置信。

「砰！砰！砰！」

蘇明煦又再連開三鎗，但凌月依舊不為所動，彷彿施了什麼魔法般，子彈也還是一樣掉在凌月腳邊。這次凌月臉上還掛著詭異的冷笑，這下反倒讓蘇明煦有些害怕，往後退了幾步。

「臭凌月，還在那邊裝模作樣——」十三零趴附在凌月身上擺著劍指，見到凌月還是伸出右掌假裝是自己將子彈擋下，十三零相當不滿地說著。「看我把屏障收掉你還能怎麼樣！」

原來凌月早在蘇明煦掏出手鎗時，便轉頭交代十三零使用靈力築起橫跨陰陽兩界的青色屏障，自己再伸出右掌配合演出，讓看不見青色屛障的蘇明煦，以爲這一切都是凌月使出的神力。

凌月緩緩走向蘇明煦，不過蘇明煦只是一步一步向後退去，一不小心就因絆倒而跌坐在地，而手鎗也跟著掉落一旁。

「蘇明煦——」凌月邊說邊伸出右掌喚出了硃砂筆。「此案已震驚整個社會，我在此宣判你先在陽界接受該有的懲罰，但你不要以爲可以鑽法律漏洞獲得減刑甚至假釋出獄。我會時時刻刻盯著你，等你在陽界的判決確定後，對社會大眾才能有所交代，但因爲你惡性重大，我還是會在那之後直接制裁你。你別妄想有假釋出獄的一天，要是陽界的司法這樣判決，我也一定會馬上對你進行『奪魂』，讓你以最爲痛苦的方式死去！」

蘇明煦先前對凌月早已心生畏懼，這下又聽到凌月莫名所以的宣判，一時之間只是瞪大雙眼無法回應。

「蘇明煦，我想再問你最後一個問題——」凌月冷冷說著。

「什麼？有屁快放！」蘇明煦緩緩站了起來，拍拍身上的塵土，一下又恢復先前的輕浮模樣。

凌月輕瞇雙眼問著：「你怕不怕痛？」

「咦？凌月你——」十三零察覺到凌月身上有異，四周隱隱出現波動，不覺驚叫著。

「哼，廢話——」蘇明煦恥笑著。「這什麼蠢問題！誰會不怕痛，你眞的是——」

蘇明煦還沒說完，凌月突然往蘇明煦臉部揮出左拳，並同時發動靈力，蘇明煦「啊」的一聲，一下就轉身倒地。

凌月冷眼看向倒在地上的蘇明煦，只見蘇明煦伸手撫著自己腫脹的臉頰，鼻子已經流出鮮血，面露驚恐仰頭看著凌月。凌月冷哼一聲便別過頭去，轉身揮舞右手中的硃砂筆劃出陰陽結界，沒一會兒凌月面前已出現一道穿梭陰陽兩界的裂縫。

「臭凌月——」十三零挑眉說著。「你是故意手下留情，還是眞的靈力本身就那麼弱？剛才的靈力氣場波動這麼大，還眞難得看你會如此生氣，但眞的不『奪魂』，就這樣放過這惡人？」

凌月搖搖頭，準備穿過陰陽結界，突然聽見癱坐在地的蘇明煦戰戰兢兢說著：「沈、沈凌月，你、你到底是誰？」

原本已準備穿越結界的凌月，這時只是回頭對蘇明煦冷冷說著：「陰陽判官，就是世人所謂的『神』！」

凌月話剛說完，便頭也不回直接穿過陰陽結界離去，一下就消失在蘇明煦面前。整個漆黑的山頭，只剩下蘇明煦一臉茫然呆坐原地。

終章

「你——」蘇明煦瞪大雙眼，看著在深夜中突然出現在牢房內的凌月。

凌月長髮束在髮尾邊，一身古代漢裝，是陰陽判官的原形，而同樣身穿古裝的十三零則趴附在凌月身上，不過蘇明煦看不見十三零的身影。

蘇明煦後來果如其言，向警方自首，並供出這連續爆炸案的所有經過，且宣稱當初只是因爲好玩，不知道後果那麼嚴重，對此深感後悔。但後續過於刻意的動作和虛假的悔意，凌月可以明顯看出蘇明煦玩弄司法的不良意圖。

「蘇明煦，你成功了——」凌月將一份列印好的網路新聞紙本，透過鐵欄杆縫隙丟在蘇明煦面前。

「你這個泯滅人性的惡徒，竟然連自己的父母也不放過——」

斗大的新聞標題寫著民宅驚傳爆炸事件，爆炸案的受害死者還是電聯車炸彈怪客蘇明煦的雙親。

「喲——」蘇明煦訕訕地笑著。「這我就不知道了，我被羈押在這裡一段時間了，我有不在場證明。我記性不好，都忘記家裡還有這顆炸彈存在，而且警方也去我家搜過，沒搜到這顆炸彈是他們的過錯，怎麼可以反過來責怪我——」

凌月搖搖頭：「你故意將炸彈藏在那種地方，警方當然不會發現，還設定經過那麼長的時間才引爆。而且你看到你父母被你蓄意謀殺的死訊，竟然可以這樣不動聲色，你到底還是不是人？」

「哈——」蘇明煦大笑一聲。「我根本就不在乎什麼人性，我要追求的是魔性，我要入魔。早跟你說過，我連父母也敢殺，因爲他們本來就不過是製造我肉體的工具罷了。不瞞你說，我聽到這樣的消息，我眞的只想笑，我怎麼可能會難過。你當晚沒殺我是你的過錯，虧你還敢自稱是神。相信我，我這種可教化的有爲青年，之後我一定可以弄到相當輕的刑責的。」

「你看到那些可憐的死者，還有你慘死的父母，難道一點悔意也沒有？」凌月厲聲問著。

「悔意？」蘇明煦露出冷笑。「你沒看到我在社會大眾面前滿滿的悔意嗎？我哭得有多傷心啊！我錯了、我錯了，我眞的錯了！」

十三零早已看不下去，忿忿地說著：「這畜生眞的太過分了！」

「哼——」凌月輕瞇雙眼看著蘇明煦的虛情假意。「這本筆記你自己看看——」

凌月說完，將一份粉紅色封面的筆記本丟在蘇明煦面前，這本筆記本的封皮還帶有些許燒焦的痕跡。

蘇明煦只是將筆記本踢得遠遠，根本連碰都不想碰。

凌月看著蘇明煦，不過蘇明煦只是刻意別過頭去，接著轉身直接躺回牢房內的床上，明顯不想再與凌月交談。

見到這種情形，凌月也不想自討沒趣，伸出右掌喚出硃砂筆，並開始劃起陰陽結界。

「臭凌月，這個畜生眞的太可惡了——」十三零情緒激動罵著。「還是他發現你其實已經成功阻止陰謀，他的父母都還健在——」

「不會的，他還沒發現，還為此在那沾沾自喜——」凌月一臉正經說著。「我是不相信他眞的一點人性也沒有——」

十三零氣鼓鼓說著：「哼，就這麼放過他眞的太便宜他了！」

「不會的——」凌月邊說邊走進陰陽結界。「我就是要讓他帶著無比悔恨先在陽界贖罪——」

「唉——」十三零輕嘆一口氣，由於趴附在凌月身上，也已跟著進入陰陽結界，但在結界縫隙消失前，還是轉頭望向蘇明煦說著。「眞是無法理解，一個相貌堂堂的人，竟然如此邪惡，如此沒有人性！好在黃宏興已經在倭國妖女和狐狸精的協助下，放下執念進入靈界。要是黃宏興知道這畜生根本沒悔意，不知道他還能不能順利進入靈界——」

此刻凌月和十三零因為已進入陰陽結界，身影從牢房視野中倏然消失，但蘇明煦早已見怪不怪，依舊老神在在躺臥床上。

「咦？卡利穆，你怎麼在這——」

凌月滿是驚訝的聲音，透過陰陽結界僅存的裂縫中傳了出來。

「老蛇皮——」十三零異常興奮說著。「你那冷血的毒蛇公主呢？」

「北、北凌月，潑、潑辣小娃，終於找到你們了——」卡利穆上氣不接下氣說著。「快去魔界找公主啊！公主上次與癸亥交戰後，不知道是不是信了什麼胡言亂語，從那之後就很不對勁，竟然不顧老臣反對，直接把我丟下。我尋遍靈界、妖界和陽界也找不著，所以我才想說可能跑去魔界——」

「什麼！」十三零驚恐的聲音從結界裂縫中傳了出來，她曾親眼見過卡利穆被冷雨奮力拋向遠方的恐怖景象，可以想像卡利穆這次的遭遇大概也與上次相差不遠。

「這——」凌月顯得相當遲疑。

「去、去找『南日』吧——」卡利穆激動地說著。「他、他可以劃出進入魔界的結界，或許根本就是『南日』幫助公主進入魔界的！」

「嗯——」凌月停頓了一會兒才又開口。「凄風判官倒是說過『南日』判官好像是在墾丁那邊——」

「什麼——」卡利穆驚訝地說著。「你見過凄風，她不是銷聲匿跡已久！找凄風也可以，可以透過她的『追魂』找出公主下落！」

「沒用的——」十三零搶先開口說著。「那個倭國妖女和狐狸精又說什麼有要務在身，叫我們去找『南日』幫忙，一起對抗魔判官，自己就又不知道跑哪去躲起來，現在想找也找不到了。況且這個西凄風眞的不是很強，我看那『南日』應該也——」

十三零話還沒說完，陰陽結界已經完全關閉，此刻牢房中已然聽不見眾人的對話。不過躺在床上的蘇明煦，因爲本來就聽不見十三零及卡利穆的對話，只是繼續躺在床上陷入沉思。

過了好一會兒，蘇明煦才起身去將先前踢走的那本筆記本撿了起來。

粉紅色封皮的筆記本，即使有著燒焦痕跡，不過從泛黃的紙張也不難判斷年代久遠。

蘇明煦看看封面上頭工整的字跡寫著「寶寶日記」，只是相當不屑嗤笑一聲。因爲從沒看過這本筆記本，蘇明煦還是在好奇心的驅使下，開始隨意翻閱起來。

〇年〇月〇日

今天第一次產檢，在醫院等了好久，真的是超久的。上次在門診確定懷孕後，準爸爸阿仁和我這準媽媽都很高興，更應該說是感動。努力這麼多年，一直沒有好消息，這次總算有了小寶寶，這怎麼可能不令人開心呢？當然，謹慎起見，就算大醫院需要等很久，還是選擇來大醫院檢查，因為設備比較精密，這樣也比較安心。果然，在照超音波時，醫生有提到子宮肌瘤，這倒是上次在小型的婦產科診所時，醫生沒有提過的事。好在醫生說目前不礙事，不需要太擔心。

〇年〇月〇日

今天又透過超音波見到寶寶的影像了，原本一開始只是小小的胚胎，現在已經可以看到完整的寶貝了。照超音波時看見寶寶在揮手，是不是在跟媽咪揮手問好呢？看到寶寶四肢健全時，阿仁和我真的都鬆了一口氣，阿仁說不管是男生還是女生，也不管聰不聰明，只要寶寶健康就好。還說要更努力工作，準備存錢買車，這樣以後我們一家三口就可以搭車出去玩了！不過醫生這次還是有提到，子宮肌瘤似乎有變大的趨勢，但這也是因為子宮隨著胎兒長大，還有血液循環增加，肌瘤會跟著擴大。但是這次又發現不只一顆肌瘤，寶寶周圍還有很多顆。雖然醫生還是說注意就好，但我心情依舊覺得非常沉重，真怕這些肌瘤會影響到寶寶的生長。

註：醫生有偷偷說是男寶。

〇年〇月〇日

今天不知道為什麼出血了，阿仁也被嚇壞，趕快跟公司請假陪我去看婦產科。醫生照過超音波確認，說寶寶沒事，應該是子宮變大，拉扯到一些子宮肌瘤所流出的血，而且必需要有心理準備，之後可能還有，需要小心注意，真的是嚇死我跟阿仁了！因為怕會影響到寶寶，我回家休息只是一直躺在床上，雖然醫生說可以正常行動，但我還是不敢有太大的動作。摸摸肚子，想到寶寶就在裡頭慢慢長大，不管往後的孕期媽媽需要多辛苦，真的只希望寶寶能平平安安成長。

〇年〇月〇日

最近孕吐愈來愈嚴重，吃沒幾口就想吐出來，但又怕寶寶沒有營養，只能一直勉強自己吞下去。今天早上就連刷牙時，將牙刷伸進嘴巴就是一陣噁心，後來還吐了半天，感覺心臟都快吐出來，真的覺得好痛苦、好不舒服。醫生上次說因為子宮肌瘤的關係，跟著長大的肌瘤可能會壓迫到寶寶，或是造成子宮早期收縮，都會有早產的風險。當然我自己也得注意這些肌瘤是否會在孕期中發炎或病變。說實在，我真的只在乎寶寶的安危，我自己倒是其次，要是需要什麼醫療會影響到寶寶，恐怕還是得以寶寶優先。被醫生這樣叮囑，我真的覺得心情很差，生活起居的動作變得更格外小心，深怕影響到肚子裡的寶寶。阿仁叫我先辭掉工作安心在家休養就好，可是我也很擔心阿仁把所有的經濟壓力都一肩扛下，他會不會吃不消？如果真的不幸遇到早產的狀況，龐大的醫療費到底該怎麼辦？我真的真的不敢再多想下去，就算孕吐非常嚴重，常吐到眼淚直流，我也還是要逼自己吃下去，真不知道寶寶什麼時候想出來，只能盡可能將寶寶養得頭好壯壯。

〇年〇月〇日

懷孕到第26周，醫生還是開了證明，要我向公司請安胎假，我知道醫生的好意，但我知道這安胎假一請下去，再加上產後休養，這公司我大概也回不去了。原本在這間公司已有大好的升遷機會，但懷上寶寶後，想想也只能放棄事業，這好像就是女人的宿命。其實這陣子挺著大肚子，工作上真的也很力不從心，但我現在根本就不管什麼升不升遷，以後還有沒有工作，我只想要寶寶平平安安來到這個世界！

〇年〇月〇日

一直躺在床上安胎真的很無聊，還要一直吞下那些奇怪的藥丸，每次服用藥物後總覺得頭暈暈的，自己不舒服就算了，真不知道這些藥丸會不會對寶寶有不良影響。醫生評估需要服用安胎藥，也要我盡可能臥床休息，為了寶寶，我還是只能照醫生指示服藥，也盡可能不要亂動。現在就連簡單的掃掃地，阿仁也不准我做，叫我專心養胎就好。阿仁現在也盡可能早點下班回家陪我，還常帶營養的雞湯回來，因為他說錢以後可以再努力，他還是盡量待在身邊照顧我。其實我胃口還是一樣不是很好，但想到是阿仁的心意，還有為了寶寶，我還是會強迫自己喝完。唉，想想當父母真是不容易，自己以前也是這樣在媽媽的肚子裡慢慢長大，才來到這個人世。醫生說因為子宮肌瘤壓迫還有胎位不正的關係，要有剖腹產的心理準備。看了更多資訊，才知道懷孕要注意的事真的太多太多，準媽媽不僅僅會有身體的各種不適，根本就是個高風險的事，難怪會有「生得過麻油香，生不過四塊板」的古諺。其實我真的不怕挨刀，只要寶寶能平安誕生，再怎麼痛苦我都能承受。唉，想想現代人也算很幸福了，聽說像我這種狀況，恐怕在古代就是難產了——

〇年〇月〇日

今天無聊轉了轉電視，只是偶然轉到電視上的電影正好播到殺人魔殺人的橋段，雖然血腥效果很假，但我真的承受不了，一點也承受不起！懷胎九月是多麼辛苦，是經過多少苦難才產下一個健健康康的寶寶，又要經過多少含辛茹苦的歷程才能把小孩拉拔到這麼大！電影裡那是什麼爛劇情，隨隨變變就把人殺掉，那個殺人魔還為此沾沾自喜，我真的無法接受，完全無法接受！後來在社會新聞又看到真實上演的殺人事件，雖然我根本不認識被害者，但我還是不由自主大哭起來，而且哭得很傷心。這些殺人兇手在下手前，都沒有想過自己和受害者沒有什麼不同，都是在媽媽這樣小心翼翼、辛辛苦苦呵護下誕生的，更何況這個兇手的媽媽還給了他好手好腳、健健康康的軀體，為什麼要這樣隨意摧殘別人的寶貝。唉，或許真的是我想太遠了，有人說懷孕會讓人變得很多愁善感，但我今天心情真的就是很差很差！

〇年〇月〇日

寶寶終於誕生了！是一個健健康康的男寶寶，還好現在醫術真的很高明，聽阿仁說我進產房很久很久，事後才知道寶寶一下就剖腹產出，是因為子宮肌瘤破裂，大量失血，還一度危急，是醫生花了很多時間才處理完畢，也因此輸了不少血。因為輸血的關係，剛推出產房時整張臉都是腫的，阿仁還說他差點認不出來，真是太過分了！醫生說他只處理了破裂的肌瘤，剩下的要等寶寶滿月後再觀察是否需要處理，這不就代表之後可能還要挨刀？但我不管那麼多了，寶寶能夠平安誕生，我就已經心滿意足！

「樹啊，樹啊！我把你種下，
不怕風雨，快點長大！
長著綠的葉，開著紅的花，
鳥來作窩，猴子來爬，我也來玩耍！」

不知為何，在麻藥退去甦醒後，我腦中一再重複出現這首埋藏於遙遠記憶中，由媽媽時常唱給我聽的兒歌。當時年紀還小，不懂歌詞涵義，只覺得是首描繪種樹的歡樂兒歌。如今當上媽媽，對於歌詞的隱喻又別有感悟，不知不覺中，竟多次隨著腦海裡那令人懷念的媽媽歌聲流下淚來。

看著寶寶的睡臉，儘管剖腹傷口已有不時補充麻藥，卻還是隱隱作痛，但只要想到往後一家三口的甜蜜生活，我真的覺得自己是世上最幸福的媽媽了！寶寶不需要聰明，我只希望寶寶未來能平平安安、健健康康成長就好！感謝阿仁這段期間的細心照顧，也再次感謝老天賜給我這樣一個可愛的寶寶，更感謝老天讓我安然度過這段難熬的懷孕及生產。如果未來寶寶真能有什麼聰明才智，我希望他能夠運用自己的才能，就像這首兒歌逐漸茁壯的大樹一樣，去照亮別人，帶給人世間滿滿的歡樂與溫暖！

雖然還沒跟阿仁正式討論過，但其實我心意已決，懷孕的那段期間，我就已經反覆想了很久，這個可愛的寶寶未來一定是個樂於幫助別人，又有溫暖心腸的好男孩，名字就叫做「明煦」吧！

儘管後頭還有很多篇手寫日記，蘇明煦看到此處已經再也無法承受，一副似笑非笑的模樣，讓表情顯得相當痛苦扭曲。

「樹啊，樹啊！我把你種下，不怕風雨，快點長大——」

不知為何，蘇明煦腦中出現兒時母親的溫柔歌聲。儘管極力抗拒，卻揮之不去，那優雅的歌聲更是愈形清晰。

「長著綠的葉，開著紅的花，鳥來作窩，猴子來爬，我也來玩耍——」

蘇明煦笑著笑著突然哭了起來，將日記緊抱胸前，沒多久淚水竟已潰堤，並開始縱聲大叫。

悽厲的叫聲久久未停，悲痛的嘶吼不禁讓人頭皮發麻，這聲嘶力竭的哭吼，一下子就驚動了整棟戒備森嚴的建物。

（本集完）

後記

時光匆匆，距離上次《陰陽判官生死簿》第一集的出版，已過了將近六年。遙想當年《陰陽判官生死簿》第一集的出版過程，歷經了泰宏、劉璞及思佑，三位風格雖不相同，但都是盡心盡力的認真編輯，一起共同努力讓這部玄幻推理小說上架問世。而出版之後的活動及宣傳，則由後來長年合作的責任編輯齊安接手。在準備出版期間，也與知名人氣繪師Welkin老師，往來討論故事主要人物的造型設計。個人非常喜愛Welkin老師的精美畫風，之後更與Welkin老師一同出席台北國際書展的活動場次，分享作者與繪師的合作心得，而在此之前也有與人氣作家尾巴MISA老師，於偵探書屋的跨界聯合新書發表活動，都是非常難忘而愉快的經驗。至今回想，還是非常有趣，在此，還是相當感謝這些珍貴的夥伴及朋友們！

相隔將近六年，《陰陽判官生死簿》第二集總算出版了！這次在準備出版的過程中，有先將續集訊息分享給一位第一集草稿剛完成的試讀好友，當年也和這位好友針對故事內容及人物設定進行多次討論，算一算當初這位好友首次試讀的時間點也過了快十年。這位好友相當喜愛《陰陽判官生死簿》的故事及人物，這次聽到續集終於要出版，第一反應是：「竟然我有生之年可以看到！」

其實這次續集的主要架構及劇情，約在第一集出版前夕便開始構思打底。待到第一集出版後，蒐集十多篇讀者心得反饋，即開始著手慢慢進行續集的寫作，更於首集出版隔年便已完成超過一半篇幅的寫作進度。

（咦？所以到底是為何可以拖稿那麼多年？作者表示：這就是本系列的核心詭計……）

由於《陰陽判官生死簿》系列，原本就想嘗試跳脫過往傳統推理小說與靈異、奇幻或玄幻對立的框架限制，以陰、陽、妖、仙、神、魔，天地六界共生共存的世界觀，打造出一個有別於西方世界，帶有濃厚東方色彩及台灣在地文化的偵探推理故事，甚至是更爲單純的玄幻、武俠劇情，故也鎖定以青少年讀者朋友，作爲主要的目標閱讀者。這樣的世界觀設定，便是希望能以玄幻、武俠元素，吸引更多尚未接觸推理小說的年輕朋友，作爲引領進入及探索推理小說世界解謎樂趣的入門作品。也因爲這樣的定位，故在第二集也有再稍作調整，提高玄幻及冒險元素比重，讓推理元素的濃度相對降低，這也是往後這系列的主要風格與路線。

不過話說回來，《陰陽判官生死簿》這系列作品，當初以年輕讀者爲主要目標族群，但第一集和第二集相隔了長達將近六年，算一算當初閱讀過第一集的青少年讀者，好像、似乎都已經有成爲上班族的可能性。這光陰的流逝，讓書中的凌月「哥哥」都變成凌月「弟弟」了，作者這「富奸化」的拖稿功力，眞的太可怕了！也難怪好友得知出版續集的第一反應會是……

最後透露一下《陰陽判官生死簿》第三集，故事發生在南台灣，東雨、西風、南日、北月的靈界四大判官，最後一位「南日」也即將登場，聽說「南日」的貼身護衛相當可怕，恐怖到連「南日」都非常畏懼。另外也聽說作者還是會繼續秉持強大的拖稿功力，第三集預計至少六年後再與大家相見，而且……

（喂，胡扯的作者被編輯拉走消音中XDXD……）

秀霖

釀冒險49　PG2343

陰陽判官生死簿（貳）：西風蕭颯

作　　者　秀　霖
責任編輯　喬齊安
圖文排版　蔡忠翰
封面設計　王嵩賀

出版策劃　釀出版
製作發行　秀威資訊科技股份有限公司
114 台北市內湖區瑞光路76巷65號1樓
電話：+886-2-2796-3638　傳真：+886-2-2796-1377
服務信箱：service@showwe.com.tw
http://www.showwe.com.tw
郵政劃撥　19563868　戶名：秀威資訊科技股份有限公司
展售門市　國家書店【松江門市】
104 台北市中山區松江路209號1樓
電話：+886-2-2518-0207　傳真：+886-2-2518-0778
網路訂購　秀威網路書店：https://store.showwe.tw
國家網路書店：https://www.govbooks.com.tw
法律顧問　毛國樑　律師
總 經 銷　聯合發行股份有限公司
231新北市新店區寶橋路235巷6弄6號4F
電話：+886-2-2917-8022　傳真：+886-2-2915-6275

出版日期　2021年6月　BOD一版
定　　價　280元

讀者回函卡

Printed in Taiwan

國家圖書館出版品預行編目

陰陽判官生死簿. 貳, 西風蕭颯/秀霖著. -- 一版. --
臺北市 : 釀出版, 2021.06
面； 公分. -- (釀冒險 ; 49)
BOD版
ISBN 978-986-445-471-6(平裝)

863.57 110007860